Les Martin

LA CITTÀ SEGRETA

traduzione di Francesca Crisigiovanni
e Vittoria Viscardi

ARNOLDO MONDADORI EDITORE

Titolo dell'opera originale *Secret city*
Prima edizione settembre 1992
Stampato presso la Arnoldo Mondadori Editore S.p.A.
Stabilimento di Cles (Trento)
ISBN 88-04-36317-7

CAPITOLO PRIMO

— Costantinopoli! — esclamò il giovane Indiana Jones, gli occhi sgranati. La capitale della Turchia gli appariva attraverso la nebbia mattutina.

— Non è certo Salt Lake City — commentò il suo amico Herman, scuotendo la testa stupefatto. Cupole, torri e minareti si stagliavano contro il cielo luminoso.

I due ragazzi, entrambi quattordicenni, si trovavano affacciati al parapetto della nave greca da carico che li aveva portati fin là da New York. Insieme a loro, c'era il padre di Indy, il professor Henry Jones. La nave, cosí come il suo equipaggio, non era delle migliori: la pittura si stava scrostando un po' dappertutto, e lo scafo era piuttosto arrugginito. Ma il professor Jones non amava spendere molto denaro per un viaggio, non quando avrebbe potuto investire quello stesso denaro in libri rari.

In quel momento, se ne stava in cabina, a

leggere proprio uno di quei libri. Aveva trascorso, chiuso là dentro, la maggior parte della traversata che dall'America li aveva portati per l'Atlantico, lo Stretto di Gibilterra, il Mediterraneo e l'Egeo, con soste a Marsiglia, Napoli e Atene. Erano passati per le strette acque dei Dardanelli e il corto Mare di Marmara, fino a giungere al porto affollato di una delle città piú favolose della Terra.

— Non riesco ancora a credere di essere qua — affermò Herman, scuotendo la testa. — Mi sembra impossibile di essere stato trascinato in tutto questo.

Indy ridacchiò: per la verità non aveva dovuto insistere troppo per convincere il suo amico ad accompagnarlo in quel viaggio. Per Herman, Indy era una sorta di eroe, tutto quello che lui avrebbe voluto essere: magro, veloce e coraggioso. Herman lo seguiva dappertutto come un cagnolino, un cagnolino grassoccio e ansimante che gli stava sempre dietro, senza perderlo mai di vista.

Il professor Jones aveva chiesto a suo figlio di trovarsi un amico da portare con sé in viaggio e Indy aveva pensato che Herman sarebbe stato l'ideale. Lo scopo piú evidente di Jones era quello di non avere Indy tra i piedi, in Turchia, mentre effettuava le sue ricerche sulle Crociate. Era già abbastanza seccante doverselo portare dietro, perché la zia che avrebbe dovuto prendersi cura del ragazzo durante le vacanze estive si era ammalata.

Per Indy, Herman era perfetto: avrebbe fatto tutto ciò che lui avesse voluto. La cosa peggiore che poteva aspettarsi dall'amico era che tentasse di indurlo alla prudenza, ma, su quel tasto, Indy faceva orecchio da mercante.

Adesso Indy stava riversando su Herman tutto quello che sapeva su Costantinopoli.

— È l'unica città che si trova per metà in Europa e per metà in Asia. Fu costruita dagli antichi greci, che la chiamarono Bisanzio, poi divenne capitale dell'Impero Romano d'Oriente. Fu allora che le fu attribuito il nome di Costantinopoli. Quando i turchi ottomani la resero capitale del loro impero, essa conservò quel nome. Ma, adesso, i turchi vogliono ribattezzarla e attribuirle un nome moderno, un nome veramente turco: Istanbul. Io spero che lo facciano: la Turchia deve lasciarsi il passato alle spalle e aggiornarsi.

— Ehi, per essere uno che si lamenta sempre di suo padre, perché non fa che leggere, mi pare che anche tu abbia letto parecchio su questo posto — commentò Herman in tono ammirato.

— Senti, a me piacciono i libri, mi piacciono molto. Ma non come a mio padre: io, i libri, li uso per scoprire il mondo intorno a me, non per nascondermi da esso.

In quel momento, una voce dietro di loro chiamò: — Junior!

Indy si girò: — Te l'ho detto tante volte, papà: non voglio essere chiamato cosí.

— Ma Henry Jones Junior è il tuo nome.

— Io mi chiamo Indiana.

— Indiana era il nome del nostro cane.

— Sí, ma quel cane ha dato la sua vita per salvarmi da un serpente a sonagli. Glielo devo, di conservare il suo nome. E poi, Indiana è un bel nome; molto meglio di Junior.

— Adesso non ho tempo per discutere — disse suo padre. — Stiamo per attraccare: tu e Herman fareste bene a occuparvi dei bagagli.

— Già fatto — affermò il ragazzo.

— Indy mi ha svegliato all'alba, per prepararli — confermò Herman, sbadigliando. — Credo proprio che quando saremo in albergo farò un bel sonnellino.

— Niente affatto — replicò Indy. — C'è troppo da vedere in questa citta, ci sono troppe cose da fare.

— Lo penso anch'io — approvò il professore. — C'è una splendida biblioteca: non vedo l'ora di andarla a visitare.

Quattro ore dopo, i loro bagagli stavano al Pera Palace Hotel, un bellissimo edificio che ospitava i viaggiatori provenienti da occidente. Ma Herman non poté lanciare che una fugace occhiata di desiderio al grosso, invitante letto della sua stanza; fece appena in tempo a darsi una rinfrescata, prima che l'amico lo trascinasse fuori di nuovo.

— Finalmente siamo nella nostra città — dichiarò Indy, eccitato. — Papà rimarrà nella biblioteca di stato finché non lo butteranno fuori, all'ora di chiusura.

— Ehi, Indy! — lo chiamò Herman, arrancando dietro di lui.

— Che cosa c'è? — replicò l'altro con impazienza.

— Ti ricordi che cosa ti ha fatto promettere tuo padre, prima di lasciarci?

Il ragazzo scosse la testa. — No, non mi ricordo. Lui mi fa promettere sempre qualcosa.

— Allora te lo rammento io: ti ha fatto promettere di stare attento a dove metti i piedi e di non cacciarti nei guai.

— Oh, quello! — esclamò il ragazzo con una smorfia. — Certo che sto attento a dove metto i piedi: è quello il modo migliore per non cacciarsi nei guai.

E, seguito da Herman, si tuffò tra la gente, mentre un enorme flusso di persone affollava le strade, come tanti punti interrogativi guizzanti per quella vasta città.

CAPITOLO SECONDO

— Ehi, non ci perdiamo! — gridò Herman. Le sue gambe erano piú corte di quelle di Indy ed era costretto a trottare per tenergli dietro.

— Non c'è pericolo — lo tranquillizzò l'amico. — Ho studiato bene la pianta della città.

La loro prima tappa fu l'edificio piú famoso di Costantinopoli: l'Hagia Sophia. Mentre osservavano la sua enorme cupola, uno stormo di uccelli prese il volo, disperdendosi nel cielo luminoso che faceva da sfondo.

— Bella, eh? — esclamò Indy, la voce carica di emozione. — Un tempo era una delle chiese cristiane piú grandi del mondo. Quando i turchi conquistarono la città, nel quindicesimo secolo, furono cosí lungimiranti da lasciare intatta solo questa chiesa: la utilizzarono per il loro culto, infatti adesso è una moschea, una chiesa islamica.

Il ragazzo indicò un'altra grande moschea, oltre un'enorme piazza. — Quella è la Moschea Blu. La costruirono i turchi, per tentare di superare l'Hagia Sophia.

— Qui ci sono molte moschee — osservò Herman.

— A Costantinopoli sono moltissimi i seguaci dell'Islam — spiegò Indy — e, in tutta la città, ci sono molte altre belle moschee. Potremo visitarle, poi andare al Gran Bazaar, il posto dove si vende tutto ciò che esiste al mondo. Dopo andremo anche al palazzo Topkapi: è là che vive il sultano turco, anche se il nuovo governo gli ha tolto ogni potere.

— E dobbiamo fare tutto questo, proprio oggi? Oh, i miei poveri piedi!

In quel preciso momento la voce lamentosa di un uomo trafisse l'aria e tutti si riversarono nell'Hagia Sophia.

— Che cos'è? — chiese Herman.

— È il muezzin che richiama alla preghiera: gli islamici vanno a pregare cinque volte al giorno.

— Spero che non si secchino se li guardiamo — fece Herman, imbarazzato. — Noi siamo stranieri.

— Non si seccheranno finché noi mostreremo rispetto per la loro religione. Sono abituati ad avere stranieri qui; sono secoli che gli stranieri vengono a Costantinopoli, sia per affari, che per visitare la città.

— Senti, domani la moschea sarà ancora

qui, no? Voglio dire che, se stasera andiamo a letto presto, domani ci potremo svegliare prima.

Indy provò comprensione per il suo amico. — D'accordo, rientriamo in albergo. Sulla strada potremo fermarci a guardare le navi del porto: ne arrivano da tutte le parti del mondo.

Indy fece sostare Herman a metà del ponte che dovevano attraversare per tornare in albergo. Quel ponte oltrepassava il Corno d'Oro, il fiume che divideva la città in due parti. Da lassú, i ragazzi riuscivano a vedere le diverse bandiere che sventolavano sulle molte navi.

— Perché ci sono tutte quelle navi da guerra? — chiese Herman. — Ce n'è una inglese, una francese e una tedesca. E quella che cos'è?

— È una nave russa — spiegò Indy. — Tutte le nazioni europee hanno un punto di riferimento in Turchia, perché la vogliono dalla loro parte, nel caso scoppiasse una guerra tra di loro.

— Non accadrà mai. Mio padre dice che non esiste la possibilità che esploda di nuovo una guerra. Voglio dire adesso, nel 1914: il mondo è troppo evoluto per permettere una cosa del genere.

— E quelle, allora? — chiese Indy, indicando le minacciose canne delle armi che sporgevano da ogni nave da guerra. Poi vide qualcosa di piú interessante.

Una piccola lancia bianca stava procedendo lentamente sul fiume, dopo essersi allontanata da una grande nave da guerra grigia, battente bandiera russa. Indy osservò i marinai della lancia mollare gli ormeggi, poi incominciare a remare. Il fatto interessante era che la lancia non si stava dirigendo verso la riva, bensí verso un'altra lancia, in attesa al largo.

— Chissà che cosa sta facendo — si chiese Indy.

— Non sono affari nostri — replicò Herman. — È ora di tornare in albergo.

— Be', non c'è niente di male se restiamo a guardare ancora un po'!

— Le ultime parole famose! — sospirò l'amico. Ma non voleva sprecare fiato a discutere: quando Indy annusava un mistero, nessuno sarebbe riuscito a fermarlo.

— Guarda un po' quel tipo, sulla seconda lancia — disse Indy. Era difficile non notare l'uomo che aveva indicato: altissimo, oltre due metri, troneggiava sugli uomini che remavano nell'imbarcazione. Aveva la corporatura di un grosso orso e pesava sicuramente oltre un centinaio di chili. Portava una folta barba nera e indossava un abito nero la cui confezione doveva aver richiesto un lavoro estenuante da parte del sarto.

L'uomo tese una mano e afferrò la borsa di pelle che l'ufficiale che comandava la prima lancia gli tendeva. Effettuata la consegna, le due imbarcazioni si separarono: la prima tornò di nuovo alla nave russa, la seconda si diresse verso la riva.

— Cerchiamo di scoprire qualcos'altro — suggerí Indy. — Questa città deve essere un covo di intrighi internazionali: forse possiamo trovare cose interessanti.

Herman non ebbe modo di protestare e non poté fare altro che seguire l'amico che si dirigeva oltre il ponte per scoprire dove andava la seconda lancia.

I due ragazzi raggiunsero la riva prima dell'imbarcazione e, mentre questa attraccava, finsero di osservare con interesse gli articoli in vendita sulle bancarelle degli ambulanti. Il gigante barbuto scese dalla barca, la borsa di pelle in mano.

Non era difficile stargli alle calcagna, dato che sovrastava la folla della strada. Dopo un po' che lo seguivano, Herman osservò: — Sai, questa strada mi pare di conoscerla.

— Bravo! È la strada che porta al nostro albergo.

— Ehi, ma quello sta andando proprio là!

— Benissimo, forse potremo sapere dal portiere in quale stanza alloggia.

— E, finalmente, potremo lasciarlo in pace.

— Uffa! Dov'è finita la tua curiosità?

— Non hai mai sentito parlare della storia del gatto e della curiosità?

— Io non sono un gatto, sono un cane.

— Già, secondo me sei un segugio.

Ma, arrivati all'albergo, Indy non poté fare

nulla: suo padre, che lo stava aspettando nell'atrio, gli tagliò la strada.

— Grazie a Dio siete tornati, finalmente! — esclamò. — Spero che non abbiate ancora disfatto i bagagli.

— No — rispose Indy. — Perché?

— Perché ripartiamo subito — rispose suo padre in tono concitato.

— Forse non le piace l'albergo? — chiese Herman con un sospiro: quel letto di pelle era cosí invitante!

— L'albergo? — fece il professor Jones. — E che c'entra l'albergo? Io sto parlando di qualcosa di ben piú importante: parlo di libri. La biblioteca, qui, non ha quelli che cerco io. Dobbiamo andare a Konya: c'è un treno notturno che parte tra un'ora.

— Ha prenotato un vagone letto? — chiese Herman, speranzoso.

— Non ci sono vagoni letto, ma che problema c'è? Il viaggio dura solo dodici ore: cosí avrò il tempo per finire alcune cose che ho incominciato a leggere.

— Allora tieniti pronto a viaggiare in un bel carro bestiame, Herman — lo avvertí Indy. — Papà compra un unico tipo di biglietto: il piú economico.

— E invece ho dovuto comprare biglietti di prima classe, un vero furto! Ma erano rimasti solo quelli. E siamo stati anche fortunati: qualcuno ha rinunciato alla prenotazione all'ultimo momento. Adesso andiamo: se perdiamo questo treno, ci toccherà aspettare altri due giorni.

Arrivarono alla stazione con dieci minuti di anticipo: il fumo sbuffava già dalla locomotiva, mentre un uomo, nudo fino alla cintola, immetteva vigorose palate di carbone nella fornace del motore.

Un facchino li accompagnò fino al loro scompartimento dove due sedili di felpa rossa scolorita fronteggiavano altri due posti.

— Almeno abbiamo un posto in piú — disse Herman, dopo che ebbero sistemato i bagagli sulla rete, sopra le loro teste. — Ma sarà uno solo di noi che potrà stendersi per fare un sonnellino...

— Sogni d'oro — gli augurò Indy, sedendosi accanto a suo padre che aveva già aperto un libro. Poi anche lui si mise a leggere.

— Farò del mio meglio — rispose il ragazzo, distendendosi e chiudendo gli occhi.

Un attimo dopo, era sprofondato nel mondo dei sogni.

All'improvviso, la porta dello scompartimento venne aperta rumorosamente. Sulla soglia apparve l'enorme figura di un uomo, una figura vagamente familiare: alto piú di due metri, del peso di oltre un centinaio di chili, con una folta barba nera e una borsa di pelle in mano.

L'uomo li osservò, tutti e tre, con uno sguardo penetrante. Herman avvertí un brivido lungo la spina dorsale.

CAPITOLO TERZO

— *Deutsch*, *français*, *English?* — chiese loro l'uomo barbuto.

Con riluttanza, il professor Jones sollevò gli occhi dal libro. — Siamo americani — rispose per dovere di cortesia.

— Io sono russo — si presentò l'altro. — Fyodor Rostov, commerciante di tappeti di prima qualità, al vostro servizio.

— E io sono Henry Jones. Questo è mio figlio, Henry Junior, e quello il suo amico, Herman Mueller.

— Indiana — lo corresse Indy.

— Ah, venite dallo stato dell'Indiana! — esclamò Rostov.

— No, è il mio nome — precisò Indy. — Io mi chiamo cosí.

— Capisco. I miei amici mi chiamano Fedya. Andate a Konya? Molto strano, per degli americani.

— Sto effettuando una ricerca sulle Crociate — rispose il professore. — Attualmente sto studiando i turchi Selgiuchidi, che si opposero ai crociati quando questi risalirono la costa turca diretti in Palestina. La loro capitale, appunto, era Konya.

Nel frattempo, Indy aveva lanciato all'amico un'occhiata d'intesa, quasi a dirgli: "Attento, non far capire che sappiamo qualcosa su questo tipo."

— Ah, dunque a lei piace la storia — commentò Rostov. Adesso aveva spinto nello scompartimento un enorme baule e lo stava maneggiando per sistemarlo sulla rete, come fosse una piuma. Quindi si mise a sedere accanto a Herman, tenendo in grembo la borsa di pelle. — Konya è il luogo ideale — affermò. — Là le antiche tradizioni sono ancora molto vive.

Il professor Jones scrollò le spalle. — Non è quello che mi interessa: basta che abbiano conservato in buono stato gli antichi manoscritti.

Indy, invece, era interessato alle tradizioni di quella città, e poi voleva saperne di piú su quel Rostov. — Ho letto molto sui dervisci danzanti — disse il ragazzo. — Ce ne sono ancora intorno a Konya?

— I dervisci danzanti? — chiese Herman, attonito.

— Sono una setta islamica — spiegò Indy. — Eseguono una vorticosa danza rituale, per approfondire il loro sentimento religioso.

— In realtà, il mio viaggio a Konya ha a che fare con i dervisci — intervenne suo padre. — Il loro fondatore è stato un grande poeta e predicatore, di nome Mevlana, che viveva a Konya. Voglio scoprire qual era il loro atteggiamento nei confronti dei crociati, suo e dei suoi seguaci.

Poi il professore aggiunse, rivolto al figlio: — Puoi venire con me alla biblioteca e leggere tutto quello che vuoi, sui dervisci.

— In biblioteca? — Indy arricciò il naso in una smorfia di disgusto. — Stiamo facendo tutto questo viaggio per finire in una biblioteca?

— Faresti bene a dare ascolto a tuo padre — si intromise il russo, mentre il treno correva sbuffando. Ci fu un brusco rallentamento, poi la corsa riprese. — Konya è molto diversa da Costantinopoli: la sua gente non è abituata agli stranieri ed è molto sospettosa nei loro confronti. Può rivelarsi inospitale, molto inospitale.

— Ehi, dopotutto la biblioteca non è una cattiva idea — affermò Herman. — Voglio dire che è un posto tranquillo. E fresco. E sicuro. Probabilmente nella biblioteca potrai trovare anche delle immagini di quei tuoi dervisci.

— Ne ho già una. — Indy mostrò a Herman il libro che stava leggendo: vi era raffigurato un uomo che indossava un lungo abito bianco, ampio e fluente, stretto in vita da una fascia. Mentre l'uomo danzava, la gonna sottostante, di un colore sgargiante, girava vorticosamente. Sulla testa portava un cappello a tronco di cono: il tutto gli conferiva un'aria da mago, o da prestigiatore.

— Ma una figura non è una cosa reale — puntualizzò Indy. — Io voglio vedere un derviscio vero, in azione.

Rostov ridacchiò. — Hai uno spiccato senso dell'avventura, tu. E anche un'immaginazione molto vivace. Mi sono divertito un sacco, quando ho visto te e il tuo amico che mi seguivate, oggi.

— Ci ha visti? — esclamò Indy, sentendosi improvvisamente uno sciocco.

— Ma certo, un mercante come me deve tenere sempre gli occhi aperti. Spesso mi capita di portare addosso ingenti somme di denaro e devo stare in guardia. Vi ho scoperto subito: i vostri vestiti di foggia occidentale davano immediatamente nell'occhio.

Rostov notò la delusione sul viso del ragazzo e ridacchiò di nuovo. — Posso immaginare che cosa avete pensato quando avete visto l'ufficiale russo consegnarmi questa borsa! Scommetto che eravate sicuri di trovarvi di fronte a un intrigo internazionale, roba di spionaggio. Succede, quando si legge troppo e la fantasia galoppa: le cose appaiono molto piú eccitanti e romanzesche di quanto lo siano in realtà.

L'uomo sorrise e proseguí. — In realtà,

quell'ufficiale russo mi stava semplicemente pagando i tappeti che gli ho venduto per arredare l'alloggio dell'ammiraglio. Ma, se lo aveste scoperto subito, il vostro gioco sarebbe finito. È piú divertente giocare a guardie e ladri, no?

— Spero che non l'abbiano infastidita — si informò il professor Jones.

— No — rispose il russo. — Sono solo ragazzi.

— E spero che questo ti serva di lezione, Junior — continuò Jones rivolto al figlio. — Sei troppo grande ormai per queste stupidaggini infantili. E io non voglio che tu rischi di trovarti coinvolto in situazioni peggiori, quando saremo a Konya.

— Sí, ho imparato la lezione — dichiarò Indy e sprofondò nella lettura.

— Lo spero — ribatté suo padre, prima di riprendere a leggere. — Non ho tempo per tirarti fuori dai guai, né voglio rischiare di perdere il permesso per accedere alla biblioteca: è stato molto difficile e complicato ottenerlo.

— Lo spero anch'io — intervenne Rostov. — Credimi, è pericoloso per dei ragazzi come voi vagabondare in alcune zone della città.

Anche Herman sperava vivamente che Indy avesse imparato la lezione: voleva godersi quel viaggio in santa pace, con calma e in silenzio.

Quella speranza era ancora viva quando, il mattino dopo, giunsero a Konya. Trovarono un albergo, e i due ragazzi si sistemarono in una stanza doppia. Indy non ebbe nulla da obiettare, quando Herman dichiarò che sarebbe andato a letto, a fare un pisolino.

Il ragazzo fu svegliato dai raggi del sole che penetravano dalla finestra. Si guardò intorno ed ebbe un tuffo al cuore: Indy era già uscito. Herman diede un addio alla speranza che al suo amico fosse passata la voglia di andare a caccia di avventure.

CAPITOLO QUARTO

Herman sedeva nel letto, a riflettere. Avrebbe dovuto andare a cercare Indy: forse era in pericolo e aveva bisogno d'aiuto. Oppure avrebbe potuto semplicemente nascondere la testa sotto il cuscino. L'idea di quella città straniera, sconosciuta, piena di trabocchetti, fuori della sua stanza d'albergo, non lo allettava per niente. Restarsene a letto gli era sembrata l'idea migliore.

— È ora che tu ti alzi — annunciò Indy, quando entrò in camera. — È già pomeriggio e io non voglio sprecare tutta la giornata.

— E perché no? E poi chi lo dice che dormire è uno spreco? È necessario, invece: io devo crescere.

— Spero che questi ti vadano. — Indy gli lanciò una camicia bianca e un paio di pantaloni di cotone.

— Ma che roba è? — chiese Herman. — Dove li hai presi?

— Sono vestiti usati. Li ho trovati su una bancarella del mercato.

Adesso che i suoi occhi riuscivano finalmente a mettere a fuoco le cose, Herman si rese conto che anche Indy era vestito a quel modo. Erano abiti puliti, è vero, ma in uno stato deplorevole.

— Non è il caso di andarcene in giro a visitare la città vestiti da occidentali — gli spiegò Indy. — Ti ricordi quello che ha detto Rostov? Qui a Konya sono sospettosi verso gli stranieri, perciò dobbiamo cercare di non dare nell'occhio.

— E come faremo per le scarpe? — chiese Herman. — Immagino che le nostre Brown non passeranno inosservate.

— Infatti non ce le metteremo — rispose semplicemente l'amico, indicando i suoi piedi nudi. — Ho visto un sacco di ragazzi camminare senza scarpe. Piú poveri sembreremo, e meno daremo nell'occhio.

— Ma noi non sembriamo affatto turchi! — protestò Herman.

— E tu come credi che siano i turchi? Dai un'occhiata in giro, quando sarai per strada: ci sono turchi di tutte le misure, le forme e i colori. Tutti i popoli hanno fatto della Turchia la loro patria.

Herman rinunciò a controbattere: le probabilità di spuntarla contro Indy erano nulle, lo sapeva bene. Borbottando, uscí dal letto e indossò quegli abiti.

A piedi nudi, i due ragazzi si diressero lungo il corridoio, ricoperto di un soffice tappeto. Poi scesero le scale e, dopo aver attraversato l'atrio, furono fuori dall'albergo; l'impiegato della reception mostrò il pugno nella loro direzione.

— Hai visto? Ci ha preso per due ragazzi turchi — disse Indy con un sorriso. — Herman, ho le travvegole o vedi anche tu quello che vedo io?

Il ragazzo seguí lo sguardo dell'amico: davanti a loro camminava un uomo, il cappello a cono e un largo abito bianco.

— È un derviscio! — esclamò Indy. — Forza, seguiamolo, forse riusciamo a vederlo in azione.

— Non so — fece Herman. — Non è detto che gli piacerà essere spiato.

— Non ti preoccupare. Ci terremo a una distanza di sicurezza: non voglio correre alcun rischio.

Tenendo d'occhio il derviscio, avanzarono nelle strade affollate di quella città pulita e ordinata. Gli ambulanti vendevano le loro merci e i contadini offrivano i loro prodotti, tra cui verdure e galline starnazzanti. Alcuni bambini andavano avanti e indietro, portando vassoi ricoperti di bicchierini colmi di tè: tutti si davano da fare seguendo una tradizione e un rituale ormai secolari.

Herman rifletté sulla diversità di quel luogo rispetto all'America: vedeva tante cose nuove e si sentiva molto, molto lontano da casa. Indy, invece, pareva perfettamente a suo agio, e continuava ad avanzare, facendosi strada tra tutta quella folla. Le vie pullulavano di cavalli, cammelli e uomini che portavano grossi carichi di merci sulle spalle. Davanti a loro, videro il derviscio entrare in un piccolo edificio bianco.

Indy affrettò il passo, ignorando le proteste di Herman. Raggiunta la porta, cercò la maniglia.

— Non ti preoccupare — disse Indy. — Voglio vedere soltanto se la porta è aperta. — Poi aggiunse: — Lo è. Diamo solo un'occhiata: se ci scoprono, diremo che siamo dei turisti.

— Con questi vestiti?

— Non ti preoccupare — ripeté Indy. — Basterà parlare, e loro ci crederanno.

Socchiuse la porta molto lentamente.

— Che strano! — esclamò. — Questa sembra solo una stanza enorme ed è vuota.

Spalancò la porta e avanzò all'interno, seguito da Herman.

La stanza era bianca, deserta e priva di mobili. L'unico arredo era un piccolo tappeto dai colori brillanti steso sul pavimento.

— È il tappeto per le preghiere — spiegò Indy, chinandosi per esaminarlo. Studiò il disegno verde su sfondo rosso e nero: sembrava un albero spoglio. — Guarda! Questo lo chiamano albero della vita.

Poi il ragazzo aggrottò le sopracciglia ed estrasse una bussola dalla tasca. — L'albero dovrebbe puntare a est, verso la città santa della Mecca. Ma qui non è cosí. — Si chinò e tentò di sollevare il tappeto: era fissato al suolo, come a coprire qualcosa. Allora ne sfiorò i bordi: il tappeto copriva effettivamente qualcosa.

— C'è una botola! — esclamò Indy e l'aprí lentamente. Essa si sollevò con tutto il tappeto e rivelò una scala che portava di sotto.

— Indy! — bisbigliò Herman.

— Ti ho già detto di non preoccuparti. Guarda, ci sono candele e fiammiferi. Ci serviranno per farci luce.

— Splendido! Non ti viene in mente che potrebbe essere pericoloso?

Indy accese una candela. Poi i due amici incominciarono a scendere, richiudendosi la botola sopra la testa. Alla fine dei gradini si snodava un corridoio, in fondo al quale scorsero un piccolo vano illuminato: da là udirono provenire alcuni canti in una lingua straniera. Indy fece strada con la candela, mentre Herman lo seguiva.

Diedero un'occhiata all'interno e sgranarono gli occhi.

Al centro di una grande stanza, il derviscio danzava freneticamente; davanti a lui, una ventina di uomini cantavano a ritmo sempre piú incalzante. Alle sue spalle troneggiava una statua di pietra nera, dalle sembianze di un uomo mostruoso, con una mano alzata. Quella mano impugnava un coltello... dalla lama color rosso sangue.

Indy arretrò fino alla soglia e l'amico lo imitò.

— È ora di andarcene — fece Herman. — Adesso finalmente l'hai visto, il tuo derviscio che danza.

Indy scosse la testa. — Quello non è un derviscio. Non hai visto la statua, quell'idolo? Gli islamici odiano gli idoli.

— Ma, allora, chi è quel tipo che danza e chi sono quelli che cantano?

— Non lo so. Ma lo scoprirò...

In quel momento, una grossa mano lo afferrò saldamente per le spalle, mentre un'altra afferrava Herman.

CAPITOLO QUINTO

Indy tentò di liberarsi, ma quella mano lo teneva stretto in una morsa micidiale. Si girò per guardare e vide solo il grosso petto di un uomo, poi alzò gli occhi.

— Rostov! — esclamò. — Che cosa...

— Sei tu che devi rispondere alle domande — replicò l'altro.

E detto ciò, spinse i due ragazzi nella stanza.

La danza del falso derviscio si interruppe a metà e i canti cessarono. L'uomo disse qualcosa in turco e immediatamente tutti i presenti uscirono dalla stanza.

Rostov gli parlò nella stessa lingua, poi fece segno ai ragazzi di mettersi contro il muro. Anche se non li teneva piú stretti, il suo corpo massiccio ostruiva loro qualsiasi via d'uscita.

— Che cosa stavate spiando? — chiese.

— Non stavamo spiando — rispose Indy. — Stavamo solo... curiosando. Lei lo sa come sono i turisti. Naturalmente se l'abbiamo offesa ci dispiace molto, davvero; siamo desolati, mi creda.

— Ti credo... che vi dispiaccia — replicò Rostov. — Vi dispiace di essere stati acciuffati: ma vi assicuro che vi dispiacerà ancora di piú, dopo.

— Ma, come le stavo dicendo... — incominciò Indy.

— Sono io che dirò qualcosa a te, ora. Vi ho visto mentre uscivate dall'albergo travestiti, e vi ho visto seguire quest'uomo e intrufolarvi nella sua casa.

— E noi che non ce ne siamo neanche accorti! — esclamò Indy, cercando di tergiversare, e di ottenere ulteriori informazioni. — Ehi, lei è davvero in gamba, come spia!

Rostov si drizzò in tutta la sua altezza. — Molto meglio di voi: sua Maestà Imperiale non ingaggia certo dei ragazzini per svolgere questo lavoro.

— Sua Maestà Imperiale?

— Nicola II — spiegò Rostov.

— Lo zar di Russia! — esclamò Indy, colpito. — Scommetto che lei non è un mercante di tappeti e che non si chiama Rostov. Lei deve essere uno importante, qualcuno che sta molto in alto.

— Conte Igor Ivanovich Stravsky — si presentò il russo. Poi ridacchiò. — Ora penserai di essere stato molto abile nel carpirmi queste informazioni, ma io non sono cosí stupido da cadere in un trucchetto banale come questo.

— Mi dispiace — replicò Indy. — La prossima volta cercherò di fare meglio.

Il conte Igor non parve apprezzare la battuta. — C'è un'unica ragione per cui ti ho detto chi sono. Riesci a indovinarla?

Indy degluti. — Credo di sí. Qualche volta ho una buona immaginazione.

— Ti risparmierò lo sforzo. Vi dirò tutto quello che vorrete sapere, perché tanto non sarete in grado di riferirlo a nessun altro.

— Proprio cosí, non lo diremo a nessuno. Lo giuro sul mio onore di scout — dichiarò Herman.

— Ehm, Herman, non credo che il conte intendesse dire questo — gli spiegò Indy.

— Non voglio perdere tempo, neanche per chiedervi che cosa stavate spiando qui — riprese l'uomo. — Voi americani non potete essere presi seriamente: siete un popolo infantile, e poi cosí lontani dal resto del mondo!

— Siamo veramente molto lontani, troppo, perché ci interessi fare le spie quaggiú — approvò Indy.

— Troppo lontani perché qualcuno riesca a scoprire che ne è stato di due ragazzini americani. — Il conte estrasse una cinghia di pelle dalla tasca. — Sapete che cos'è questa?

Indy lo guardò. — Be', per essere un laccio da scarpe mi sembra un po' troppo grosso.

— L'ho presa durante una missione in Spagna — spiegò Igor. — È un laccio per la garrotta, uno strumento meraviglioso. Ho avuto modo di apprezzarlo parecchie volte: è leggera, maneggevole, sta in una tasca, non sporca. Si mette semplicemente intorno al collo, si tira alle due estremità e... non fallisce mai un colpo.

— Ehi, è forte! Chissà che cosa inventeranno ancora! — esclamò Indy, mentre cercava di individuare un varco per fuggire. Tutto ciò che vedeva davanti a sé era il corpo enorme e massiccio del conte Igor: aggirarlo era impossibile e colpirlo sarebbe stato come sbattere contro un muro di pietra. Il ragazzo non riusciva a trovare una via di salvezza.

Herman, invece, protestò. — Lei non può farci questo! Siamo innocenti!

"Meglio di niente" pensò Indy, ma non era granché. Eppure aggiunse: — È vero, lei non può farlo. Siamo innocenti!

Il conte scrollò le spalle. — E chi lo dice che non posso? C'è un solo modo per vedere chi di noi ha ragione — e avanzò verso Indy, il laccio in mano.

Ormai niente divideva il ragazzo dalla morte, niente tranne una parola.

— Fermo! — ordinò il falso derviscio. E lo disse in inglese e, in quel momento, per Indy quella parola fu la piú dolce di tutta la sua lingua.

L'altro abbassò il laccio.

— Dunque voi giurate di essere innocenti? — chiese loro il derviscio.

— Sí, signore — rispose Indy. — Completamente, assolutamente, parola di scout.

Herman fu piú convincente. La sua voce tremante non lasciava dubbi. — Davvero, signore. Noi non abbiamo fatto niente.

— Vi credo. Siete innocenti, due giovani innocenti.

Il falso derviscio sorrise, ma quel sorriso non rinfrancò l'animo di Indy; al contrario, gli provocò un lungo brivido nella schiena. I denti di quell'uomo erano affilati, e perfino la sua barba nera finiva a punta: era l'immagine di un demonio, gli occhi nerissimi e penetranti, che sembravano trafiggere Indy come spade.

— Grazie, signore, grazie — disse Herman. Stava per mettersi a piagnucolare, per la gratitudine.

Indy si aspettava che il conte Igor manifestasse la sua rabbia, per non aver potuto portare a compimento il suo giochetto. Invece l'uomo sorrise, anche lui di un sorriso cattivo.

— Se fossi in voi non ringrazierei troppo — affermò. E la sua risata esplose come il tuono che preannuncia un temporale.

CAPITOLO SESTO

— Basta cosí — tagliò corto il falso derviscio, facendo cessare istantaneamente la risata del conte. — Ho trovato quello che cercavo. E adesso usciamo di qua, non ci rimane molto tempo, solo pochi giorni.

— Sí, Vostra Altezza — replicò ossequioso il conte Igor.

— Vostra Altezza? — ripeté Indy. — Lei è una specie di re?

L'uomo si drizzò orgoglioso. — Una specie di re? Io sono il re, il re dei re: il re Zed.

— Il re dei re? — chiese Indy. Si rivolse al conte. — E dov'è finito il suo capo, lo zar?

L'uomo sorrise. — Sei un ragazzo sveglio, eh? Stai cercando di guadagnare tempo e magari pensi di poter creare malintesi tra me e il re. Ma ti sbagli: il mio padrone, lo zar, e il re, sono molto amici. Ecco perché io sono qua... per fornire al re tutto l'aiuto di cui potrebbe avere bisogno.

— Allora mi aiuti adesso — dichiarò l'uomo che si faceva chiamare Zed. — Leghi i ragazzi e prepari la carovana: appena farà buio lasceremo la città.

— Ogni suo desiderio è un ordine — rispose il conte.

Si inchinò davanti al re, poi estrasse dalla tasca un sottile filo metallico con il quale legò mani e piedi dei due ragazzi.

— Non vale la pena imbavagliarvi — li avvertí. — Potrete urlare quanto vorrete, tanto qui sotto non vi sentirà nessuno. Arrivederci: piú tardi faremo insieme un viaggetto.

Appena usciti i due uomini, Herman disse: — Per fortuna non sanno chi sei, Indy. Scommetto che hai già pensato a come liberarci, vero? Non è cosí? — L'altro taceva, e Herman ripeté: — Indy?

— Ehm, be', non esattamente. Questo filo è duro da rompere, è forte come l'acciaio. Potremmo anche tagliarci, se cercassimo di muoverci.

— Ma dobbiamo pur tentare qualcosa, no? — insisté Herman. Aveva fatto del suo meglio per parlare in tono speranzoso, ma il risultato non era stato convincente.

— Certo che dobbiamo tentare qualcosa, ma dobbiamo aspettare l'occasione giusta. Devo scoprire che cosa vogliono fare questo conte e questo re; muoio dalla voglia di saperlo.

— E potremmo morire davvero per saperlo.

Mai sentito dire che quello che non si conosce può essere pericoloso? — Herman guardò Indy e sospirò. — No, non l'hai mai sentito.

Il ragazzo non poté aggiungere altro, perché in quel momento il conte tornò, seguito da quattro uomini robusti che trasportavano due grandi tappeti orientali.

— Avete fatto una bella chiacchierata, voi due? — disse l'uomo. — Spero che vi siate convinti a non tentare la fuga, tanto non ci riuscireste mai e, in piú, sareste puniti severamente. Perciò vi suggerisco di rilassarvi e godervi il viaggio: sarà un vero piacere per dei tipi come voi, due ragazzi cosí curiosi di scoprire ciò che avviene nel mondo. Avrete l'opportunità di vedere cose che solo pochi fortunati hanno visto finora e proverete l'eccitante sensazione di essere voi stessi i protagonisti della storia, non quelli che devono impararla.

— Grazie tante — disse Indy, con un sorrisetto ironico stampato sul viso. Gli pareva di essere costretto a mangiarsi le parole.

— Non c'è di che — rispose l'uomo. Fece un cenno verso i suoi uomini, che incominciarono a srotolare i tappeti, per poi far adagiare un ragazzo su ciascuno di essi.

Chiuso il tappeto, Indy udí il conte dire: — Starete comodissimi, ragazzi, non abbiate alcun timore. Vogliamo lasciarvi vivi... per ora!

Indy si sentí sollevare, ma non riuscí a capire quanto lontano lo stessero portando: aveva la sensazione di fare un viaggio su una barca scossa da ogni lato da un temporale. Quel viaggio finí con un tonfo doloroso: era ancora tutto intero, ma la sosta durò poco. Ricominciarono a muoversi, su e giú, su e giú... Indy si chiedeva se fosse possibile soffrire il mal di mare stando sulla terraferma.

Infine sentí che il tappeto veniva sollevato nuovamente e poi rimesso a terra. Incominciò a rotolare, finché il suo involucro non fu completamente aperto: Indy guardò in alto e si ritrovò davanti il muso di un cammello che lo osservava con una certa curiosità.

Accanto all'animale riconobbe il conte e il re: entrambi indossavano ampi abiti fluenti con cappuccio, tipici degli uomini delle tribú arabe. Anche gli altri uomini intorno a loro erano abbigliati allo stesso modo ed erano armati di fucili. Indy girò la testa: Herman era vicino a lui, e stava sbadigliando. In qualche modo era riuscito a schiacciare un sonnellino.

— Accidenti — fu il suo commento. — Speravo che si trattasse solo di un brutto sogno.

— Non avrai occasione di sognare per un po' — intervenne il conte. — Cavalcheremo tutta la notte.

L'uomo impartí un breve ordine: uno degli uomini slegò i ragazzi, mentre i suoi compagni tenevano puntati i fucili su di loro. Poi il conte consegnò ai due amici degli ampi abiti di foggia araba, identici a quelli che indossavano tutti gli altri.

— Infilateli; starete molto piú comodi con questi, sulla sella.

— Ottimo travestimento — commentò Indy. — Questi cappucci impediranno a chiunque di vedere le vostre o le nostre facce. E voi passerete facilmente per mercanti di tappeti che tornano a casa. Stiamo andando verso est, no?

— Molto acuto — affermò il conte. — Non ti stanchi mai di indagare, vero ragazzo? Scoprirai molto presto dov'è che ci stiamo dirigendo.

— Basta con le chiacchiere — intervenne il re. — Tutti in sella. Non abbiamo tempo da perdere, dobbiamo raggiungere in tempo la mia città.

— In tempo per che cosa? — chiese Indy. — Una festa?

Il re si mise a ridere. — Sí, una specie di festa.

— E noi siamo invitati?

— Invitati? — replicò Zed. — Voi siete piú che invitati, voi sarete gli ospiti d'onore.

CAPITOLO SETTIMO

La luce dell'alba incominciava a diffondersi, quando seduti sulla sella dello stesso cammello, Herman e Indy sbatterono ripetutamente le palpebre.

— Questa volta sto sognando, lo so — disse Herman.

— E che sogno! — esclamò Indy, scuotendo la testa per lo stupore.

La carovana aveva viaggiato per tutta la notte, il giorno seguente e tutta la notte successiva. Si erano riposati solo poche ore, a mezzogiorno, quando il sole era piú caldo. Avevano avanzato lungo una vasta pianura di grano simile a un mare dorato increspato dalla brezza. Agli americani quella era parsa la versione turca del Kansas o del Nebraska, da cui, grazie al duro lavoro dei contadini, la nazione traeva il suo nutrimento. Adesso, però, dopo un'altra notte di viaggio, i ragazzi si trovavano di fronte a un paesaggio completamente diverso.

— Quante rocce! — esclamò Herman.

— E come sono strane! — aggiunse Indy.

Quei massi erano davvero giganteschi: parevano camini svettanti, o funghi mostruosi, oppure enormi cappelli appuntiti. Era come se bambini giganteschi, armati di palette, secchielli e di un'enorme immaginazione, avessero forgiato quelle rocce con la sabbia. Sembrava una scena tratta da un libro di favole.

— È la Cappadocia — affermò Indy.

— Cappa... che?

— Cappadocia — ripeté. — Una regione della Turchia, lo so perché l'ho letto da qualche parte. Vedi quelle grosse montagne all'orizzonte?

Herman guardò verso il sole e annuí.

— Un tempo erano vulcani — continuò a spiegare Indy. — Qualche milione di anni fa, essi entrarono in eruzione e ricoprirono di lava l'intera regione. Quando questa si raffreddò, formò rocce vulcaniche morbide. Poi, il vento e la pioggia hanno fatto il resto.

— È incredibile quello che riesce a fare la natura — disse Herman. — Non ho mai visto niente del genere.

— Sai che cosa mi pare di vedere quando guardo quelle rocce? — chiese Indy.

— Non lo so... Castelli? Torri? Ponti? Potrebbe essere qualunque cosa.

— Nascondigli!

— Vuoi dire...

Indy annuí.

— ... che potremmo fuggire lassú? — finí la frase Herman. L'uomo che li seguiva sul cammello non parlava inglese, ma Herman abbassò ugualmente la voce. — Ma perché? Voglio dire: perché rischiare? Quel re, Zed, ha detto che ci vuole come ospiti d'onore a una specie di festa.

— Ma tu ti ricordi il suo sorriso quando lo ha detto? — fece Indy. — E quella luce maligna nei suoi occhi?

— È vero... non sembrava promettere niente di buono — sospirò Herman. — Ma come facciamo a scappare? Questo qua, dietro di noi, ha un'espressione truce. E il suo fucile sembra ancora piú cattivo di lui.

— Ma perché è mezzo addormentato — replicò Indy. — È stato un viaggio molto faticoso per tutti.

— Che strano: anch'io dovrei avere sonno, come lui, e, invece, non ce l'ho — disse Herman meravigliato. — In realtà, non mi sono mai sentito tanto sveglio in vita mia. Voglio dire che non è da me.

— Forse ti sei svegliato completamente di fronte ai pericoli in cui ci siamo imbattuti. Il pericolo provoca questo tipo di reazione; è per questo che mi piace.

— A me no. A me piace starmene in un posto tranquillo e farmi una bella dormita lunga, ma, fino a quando non troverò quel posto, starò insieme a te, Indy. Quando tenteremo la fuga?

— Vediamo un po'... — Indy tacque, pensieroso. Poi disse: — Che ne diresti di tentare... adesso!

Infilò la mano nell'abito arabo ed estrasse una frusta.

— Dove l'hai presa... — incominciò Herman, ma non poté finire la frase. Indy frustò il cammello, cosí come aveva visto fare alla gente del luogo. La cosa funzionò e il cammello partí al galoppo, mentre il ragazzo dava uno strattone alle redini, per far voltare a destra l'animale.

Corsero verso una roccia vicina. Immediatamente, un proiettile ne mandò in frantumi un pezzo sopra le loro teste, mentre giravano dietro a quel macigno. Poi, per un attimo, furono al riparo.

— È arrivato il momento di giocare a guardie e ladri — disse Indy. I suoi occhi scrutarono la zona circostante e, tra due massi giganteschi, scorse una stretta apertura. Armeggiò di nuovo con la frusta e il cammello diede in uno sbuffo di protesta, ma partí subito in quella direzione, superando un tratto di terreno aperto. I due ragazzi furono inseguiti da grida e colpi di fucile, provenienti dagli uomini in groppa ai cammelli.

— Questo cammello è veloce — ansimò Indy quando raggiunsero l'apertura. — Il guaio è che è troppo impacciato per schivare i proiettili: è meglio continuare a piedi.

Fece arrestare l'animale e i due ragazzi

smontarono velocemente. Si infilarono in quell'apertura e si ritrovarono in un canalone che serpeggiava tra due alte pareti di roccia.

— C'è una sola via da seguire — affermò Indy e incominciò a correre. Ma non poteva andare troppo veloce, perché doveva preoccuparsi di Herman, che lo seguiva arrancando.

Fecero una curva, poi rallentarono: erano arrivati davanti a un campo coltivato a vite.

— Una piccola vigna — constatò Indy, interessato. — Qui ogni fazzoletto di terra viene sfruttato per la coltivazione.

Ma a Herman i problemi dell'agricoltura locale interessavano relativamente: una cosa sola contava per lui.

— Questo significa che qui ci vive qualcuno — disse. — Persone che ci possono aiutare a tirarci fuori dai guai. — Si guardò intorno. — Ma dove sono? Non vedo case, da queste parti.

— Sí, invece, le hai viste, solo che non te ne sei accorto — replicò Indy, accennando a un promontorio roccioso sulla sinistra. — Vedi quello che vedo io?

La bocca di Herman rimase aperta per la sorpresa.

— È una porta — disse.

— Già... questa roccia è morbida, lo è abbastanza per scavarvi delle case. È qui che abita la gente: dentro le rocce.

I ragazzi si precipitarono verso quella porta: era fatta di legno e sembrava molto antica.

— Non c'è tempo per bussare — disse Indy, udendo le grida degli inseguitori farsi piú vicine. Provò la porta: non era chiusa a chiave e si abbassò per infilare la testa nel vano; la gente di là doveva essere di statura bassa, a meno che quello non fosse davvero un luogo da favola, abitato da folletti.

I ragazzi si trovarono in una stanza pulita e ordinata, ammobiliata semplicemente e con bei tappeti stesi sul pavimento. C'erano due persone: una donna anziana, tutta vestita di nero, e un bambino molto piccolo, completamente nudo. Entrambi fissarono Indy e Herman con gli occhi sgranati.

Per prima cosa, Indy si voltò, chiuse la porta, poi si girò verso la donna e il bambino; in quel momento, si rese conto di avere ancora la frusta in mano.

In fretta la infilò nel vestito e alzò i palmi delle mani per mostrare di essere disarmato.

Ma non ebbe il tempo di dire altro: dalla porta giunsero colpi e voci irose. Indy riconobbe quella del conte.

— Lo so che siete là dentro! Arrendetevi, siete in trappola!

CAPITOLO OTTAVO

Indy si guardò intorno, disperatamente alla ricerca di una via d'uscita: niente. Poi i suoi occhi incrociarono quelli della donna e accadde una cosa sorprendente. Nell'osservare quei due stranieri, quei due ragazzi che si trovavano nei guai, lei sorrise: il sorriso di una bocca senza denti su un viso rugoso, ma il piú bel sorriso che Indy avesse mai visto.

La donna fece segno ai ragazzi di seguirla e, preso il bambino in braccio, aprí una tenda. Li fece entrare nella cucina, dove c'erano un camino e alcune mensole piene di piatti; al muro erano appesi tegami e padelle.

La donna si diresse verso quella parete nera e sollevò un piccolo tappeto colorato che vi era appoggiato: esso celava una porticina, ancora piú piccola di quella d'ingresso. La donna l'aprí e Indy scorse la luce del giorno.

— Grazie — le disse. Poi, ricordandosi una delle poche frasi in turco che aveva imparato, la ringraziò in quella lingua: — *Tesekkurederim*.

— *Birsey degil* — rispose l'anziana donna, per dirgli «Prego». Sorrise di nuovo, si toccò la fronte e il cuore e si inchinò.

I due ragazzi fecero altrettanto, poi ripresero la loro fuga.

Quella porta dava di nuovo nel canalone, in un mondo dalla natura impervia, formata da enormi rocce. Avevano di che ripararsi, ma nessuna idea di dove dirigersi. Sapevano una cosa sola: dovevano mantenere il vantaggio sugli inseguitori fino al calare della notte. E la sera era ancora molto lontana.

Indy udí Herman ansimare dietro di lui. — Ehi, Indy, fammi riprendere fiato!

L'altro si fermò e si appoggiò con le spalle a una roccia. Anche Herman si riposò un attimo.

— Quella donna è stata davvero molto gentile — disse, prendendo grosse boccate d'aria. — In fondo non ci conosceva neanche!

— La gente di qui ha uno spiccato senso dell'ospitalità verso gli stranieri — gli spiegò Indy — e credo che ci abbia voluto trattare da ospiti, anche se non eravamo stati invitati.

— Meno male che aveva quella seconda uscita, altrimenti, a quest'ora, saremmo di nuovo gli ospiti d'onore del conte Igor e del re Zed. Ma io preferisco fare a meno della loro gentilezza nei confronti degli ospiti.

— Non credo che quella porticina sia casuale: da migliaia di anni la gente che abita qui deve far fronte a invasori, banditi, esattori delle tasse, e ad altri tipacci del genere. Perciò si sono creati una via di fuga.

— Be', allora anch'io voglio fuggire da qui — dichiarò Herman. — La frusta che hai in mano non servirà a molto contro i fucili. Ma dov'è che l'hai recuperata, quella frusta?

— Da uno che dormiva su un cammello, quando ci siamo fermati, ieri, a mezzogiorno. Ma una frusta può essere molto utile in luoghi come questi. — Il ragazzo la esaminò, poi scosse la testa. — Non è certo come quella che ho a casa; ho fatto molta pratica, sai, ed è sorprendente quello che si riesce a fare con una frusta. Avrei dovuto portarla con me, ma purtroppo non ci ho pensato. La prossima volta me ne ricorderò.

— Già, non uscire mai senza. Ehi, sembra uno slogan pubblicitario, no? Scommetto che potresti vendere un sacco di fruste, con questo slogan.

— Dovresti lavorare in pubblicità, quando sarai grande.

— «Se» riuscirò a diventare grande — puntualizzò Herman, mentre un colpo di fucile echeggiava nell'aria. Una nuvoletta di polvere si sollevò e un proiettile si piantò al suolo, proprio accanto ai loro piedi.

Indy guardò in alto, nella direzione dalla quale era arrivato lo sparo e vide uno degli uomini di Zed appostato sulla cima di una roccia. L'uomo imbracciava il fucile ancora fumante.

— Dai, muoviamoci — lo sollecitò Indy. — Tieniti vicino alla roccia, cosí non sarà facile individuarci.

I ragazzi girarono intorno al masso, ma, all'altro lato, scorsero altri uomini armati, piazzati nelle fenditure tra le rocce e sulle cime.

— Siamo circondati — ammise Indy.

— Già, ci danno la caccia come se fossimo conigli.

— Magari fossimo veloci come i conigli — sospirò l'altro. Ma subito aggiunse: — Ehi, a proposito di conigli, vedi anche tu quello che vedo io?

Terrorizzata dagli spari, una grossa lepre era passata di corsa accanto a loro: si diresse verso un gruppo di cespugli e scomparve là dietro.

— Però possiamo essere furbi come i conigli — disse Indy. — Quei cespugli saranno un buon nascondiglio; per il momento è il posto migliore che riesco a vedere.

I ragazzi sfrecciarono verso quel riparo. — Spero che non ci abbiano visto — ansimò Herman.

— Mi dispiace, lepre, ma avrai compagnia — fece Indy. A quattro zampe, i ragazzi si trascinarono verso il nascondiglio.

Ma la lepre non c'era.

— Forse si è spaventata ed è scappata via — osservò Indy. — Herman guarda! *È là* che la lepre voleva andare.

Nel suolo, nascosto dai cespugli, c'era un buco in pendenza.

— Questo, però, non è stato scavato dai conigli o dalle lepri — obiettò Herman. — È grande abbastanza da farvi passare una persona!

— Giusto, il coniglio sapeva soltanto che qui c'era questo buco. Probabilmente si tratta di un'altra via di fuga scavata dalla gente di qui. Forse porta a una stanza sotterranea, una sorta di nascondiglio temporaneo. — Ridacchiò. — E allora, che aspettiamo?

— Andare là dentro? — esclamò Herman. — Ma è tutto buio e viscido. E poi, chissà che cosa c'è là sotto: topi, serpenti...

Indy impallidí, poi assunse un colorito verdastro.

— Serpenti? Non ci avevo pensato.

— Ma certo, è una tana naturale per i serpenti, il sottosuolo. Chissà se in Turchia ci sono serpenti a sonagli, o cobra o aspidi...

— Senti, lascia perdere, d'accordo? — e Indy deglutí, per scacciare un senso di nausea che lo stava sopraffacendo.

Proprio in quel momento udirono degli uomini avvicinarsi.

— Tra un secondo saranno qui — disse Indy. — La scelta è tra questo buco e... un'altra tomba!

— Be', se la metti cosí... Ma, dato che l'idea è tua, vai avanti tu.

— Va bene, va bene — fece Indy, senza risolversi ad andare. — Senti, Herman, hai mai letto *Alice nel paese delle meraviglie?*

— No, perché? — rispose Herman: non cessava mai di stupirsi di fronte a quello che frullava nella testa del suo amico e a quello che usciva dalla sua bocca.

— Parla di una ragazza che segue un coniglio in una buca del terreno.

— E che cosa le succede? — chiese Herman, ma prima che Indy rispondesse, aggiunse: — Non me lo dire. È meglio vedere che cosa succederà a noi: quelli sono già qui.

— Lo scopriremo molto presto. — Indy deglutí di nuovo e trasse un profondo respiro: ormai non c'era altra scelta. — Paese delle meraviglie, stiamo arrivando!

CAPITOLO NONO

— Indy, ho uno strano presentimento — disse Herman.

Si erano lasciati alle spalle la luce del giorno e quella pendenza si stava rivelando molto piú profonda di quanto avessero immaginato. E anche molto piú buia. Ma i gradini di pietra consentivano loro di scendere agevolmente, aiutandosi anche con le mani, come avrebbero fatto con una scala normale.

— Uno strano presentimento? — chiese Indy. — Quale presentimento?

Per la verità, lui stesso provava una strana sensazione, una sensazione che gli procurava un brivido lungo la schiena: da un momento all'altro avrebbe potuto sentire il sibilo di un serpente, o il suo corpo viscido attorcigliarglisi addosso, oppure avrebbe avvertito i denti aguzzi dell'animale affondare nella sua carne. Brrr!

Il ragazzo non riusciva a scuotersi di dosso

quella sgradevole sensazione, anche se si sforzava di farlo. Indy era semplicemente ossessionato dai serpenti, ecco tutto! L'unica cosa da fare poteva essere esprimere ad alta voce quel suo terrore irrazionale, d'altra parte, però, non voleva spaventare ulteriormente Herman, che era già abbastanza terrorizzato per conto suo: non era proprio il caso di farlo agitare ancora di piú, se non voleva far precipitare la situazione.

— Ho il sospetto che qui ci siamo già stati — riprese Herman. — Anzi, non è un sospetto, è una certezza. Ti ricordi quando siamo scesi per cercare quel passaggio segreto a Konya? Eravamo alla ricerca di guai e anche adesso stiamo andando di nuovo verso i guai. Solo che, questa volta, dobbiamo scendere piú in profondità.

— Dai, non rallentare — fece Indy, e affrettò il passo, seguito a ruota dall'amico. — Non è il momento di farci prendere dal panico. Questo non ha niente a che fare con Konya. Là eravamo noi a seguire quel tizio... re Zed; adesso, invece, è lui che insegue noi. Non ci stiamo cacciando nei guai, stiamo cercando di uscirne. E poi qui non c'è nessuna botola che si possa richiudere sopra di noi; possiamo sempre tornare indietro. Dunque la situazione è completamente diversa.

— Va bene, va bene, è tutto diverso, come dici tu — ammise Herman. — Ma io ho un altro presentimento.

Indy sospirò, continuando a scendere sempre piú velocemente. — Quale?

— Quel re Zed... sembrava a suo agio sottoterra, come se fosse quello l'unico posto in cui può spogliarsi dei suoi abiti fittizi e mettersi a fare il re. Ho idea che qui ci troviamo nel suo territorio, non nel nostro. È come se stessimo giocando una partita fuori casa.

— E io che pensavo di essere l'unico qui ad avere una fervida immaginazione — disse Indy. — Dovresti scrivere libri di avventure, Herman, o, per lo meno, non leggerne troppi. — Indy lasciò cadere quel discorso. — Dovresti essere contento che ci sono questi gradini, anziché averne paura. Chiunque abbia costruito questo passaggio, lo ha fatto in modo che si potesse tornare indietro. L'altro posto, invece, quello con la botola, sarebbe potuto diventare davvero la nostra tomba.

— Già, però questo è molto piú profondo di una tomba — replicò Herman. — Ho la sensazione che continueremo a scendere per sempre.

— Forse conduce davvero a un nascondiglio sicuro. O magari poi risale in superficie, fino a un'uscita di sicurezza. Comunque, potremo restare qui sotto finché non calerà il buio, poi usciremo fuori, senza che Zed o i suoi uomini si accorgano di noi. Dopodiché saremo praticamente liberi. E adesso guarda bene dove metti i piedi, mentre scendi, non voglio che mi precipiti addosso.

Indy stesso scendeva con molta attenzione, tastando ogni gradino con il piede prima di appoggiarlo. “Deve essere questo che si prova ad essere ciechi” pensò “avanzare nel buio piú totale aiutandosi solo con il tatto.” L'ignoto era impressionante ed eccitante allo stesso tempo.

Poi notò qualcosa di ancora piú impressionante ed eccitante: davanti a sé, riuscí a scorgere vagamente la forma delle sue mani. E guardò in giú.

Dal basso proveniva una luce, che gli consentí di vedere i gradini che, in lontananza, arrivavano fino al vano di una porta.

Sentí la voce di Herman. — Indy, vedi anche tu... Ho uno strano presentimento...

— Dai, piantala, con i tuoi strani presentimenti! Ci sarà qualcuno laggiú: se la gente del luogo vive tra le rocce, può vivere anche sottoterra.

— Oh, certo! — Ma il tono di Herman non sembrava per niente convinto. — Ma sono sicuro che si seccheranno, se gli piombiamo in casa senza essere stati invitati.

— No, invece — lo rassicurò Indy. — Abbiamo già sperimentato lo spiccato senso di ospitalità che la gente di qui ha verso gli stranieri. Possiamo fidarci di loro e potranno perfino indicarci la via piú breve per tornare a Konya.

I ragazzi arrivarono a quella porta e la varcarono. Si trovarono in un tunnel scavato sotto la roccia, e illuminato da lampade a olio appese lungo le pareti. Su entrambi i lati si aprivano delle porte.

— Che strano! — esclamò Indy, mentre avanzavano lungo il corridoio. Le porte si aprivano su stanze perfettamente arredate con mobili e tappeti!

Infine il tunnel arrivò a un bivio. "E adesso?" si chiese il ragazzo. Guardò a destra, poi a sinistra: in entrambe le direzioni, altre porte e altre lampade.

— Questo è un vero labirinto di stanze — disse. — Ci siamo imbattuti in qualcosa di molto interessante...

— Senti, Indy, i labirinti sono luoghi in cui la gente si perde — obiettò Herman. — Torniamo indietro, finché siamo in tempo.

Ma il suo amico non lo ascoltava nemmeno: era troppo incuriosito da quel posto e lo stava esaminando con molta attenzione.

— Qui sotto l'aria è pulita — rifletté. — Non si vede neanche il fumo delle lampade. È evidente: da qualche parte ci deve essere un impianto di aerazione.

Si diresse a destra e trovò ciò che stava cercando. Alla fine del tunnel c'era un grosso foro, simile a un pozzo, scavato nella roccia: un foro uguale stava anche sul soffitto. Indy tese la mano e avvertí una corrente d'aria fredda.

— È un pozzo di ventilazione — spiegò. — Arriverà fino in superficie. Chissà quanto scende in profondità. — Raccolse una pietra, la lanciò nel buco, e rimase in attesa del tonfo, ma non udí provenire alcun rumore.

— Sotto ci devono essere altri livelli di corridoi — dedusse. — Molti livelli. Ma chi avrà costruito tutto questo? Ci sarà voluto un esercito di operai!

— Indy! — lo chiamò Herman.

Il ragazzo non si girò nemmeno. — Arriviamo solo al livello sottostante — continuò. — Poi torneremo indietro, te lo prometto.

— Indy! — ripeté Herman.

— Che c'è? — rispose lui spazientito, assorto nella decisione su quale direzione fosse meglio prendere.

— Sei proprio convinto dello spiccato senso dell'ospitalità dei turchi?

Indy si girò e vide l'espressione raggelata del suo amico. Un uomo bloccava il corridoio da cui erano arrivati: indossava abiti di foggia antica, ma impugnava un fucile moderno, puntato verso di loro.

CAPITOLO DECIMO

L'uomo non parlava inglese, ma, in quella situazione, le parole non erano affatto necessarie. Spostò la canna del fucile, per intimare ai ragazzi di muoversi.

Li spinse lungo il corridoio per raggiungere un'altra rampa di scale. Scesero al livello sottostante, anch'esso pieno di cunicoli e stanze, poi ancora piú in basso.

Indy osservava tutto attentamente, tenendo ogni cosa sotto controllo. Videro della gente: uomini, donne e bambini, e poi cucine, sale, soggiorni, camere da letto. Indy notò dei macigni enormi che dovevano essere stati posti là sotto per chiudere le uscite in caso di attacco; a guardia di ogni scala vide degli uomini, armati di fucili e pistole moderne, ma anche di spade e sciabole.

— È una fortezza — disse Indy a Herman. — Qui possono difendersi a lungo benissimo da chiunque voglia entrare.

— Ma anche da quelli che vogliono uscire — replicò Herman, cupo.

— Ehi, guarda! Qui c'è qualcosa!

Avevano raggiunto un piano dove i corridoi erano piú larghi: pareti, pavimenti e soffitti non erano di roccia, come quelli precedenti, bensí decorati con belle piastrelle.

— Sí, qua c'è qualcosa — confermò Herman. Avvertí la canna del fucile contro la schiena. — E sembra che siamo arrivati al capolinea.

— Wow! — esclamò Indy quando svoltarono l'angolo. Si trovarono in un atrio che portava a una grande porta dorata, sorvegliata da due guardie armate. Erano vestite come guerrieri antichi, con corazze, scudi dorati e lunghe spade con le lame d'oro.

L'uomo con il fucile parlò con le guardie e quelle aprirono la porta.

Sempre spronati dal fucile, i ragazzi varcarono la soglia.

— Non riesco a crederci — disse Indy.

— Non dirlo a me — fece eco Herman.

La stanza, enorme, era illuminata da torce e dominata da un grande trono dorato, posto al centro.

Dal trono giunse una voce. — Finalmente! Come mai ci avete messo tanto?

— Il re! — mormorò Herman.

— Allora era davvero un re — fece Indy, fissando il trono di Zed, la sua corona incastonata di gioielli e lo scettro che teneva in mano. Quando vide il simbolo raffigurato su quello scettro, il ragazzo avvertí un brivido per tutto il corpo: era un teschio bianco.

— E anche il conte è un vero conte — aggiunse Indy. Igor stava in piedi accanto al trono, con addosso una splendida uniforme verde. In testa portava un alto cappello da ussaro, di pelo nero, e il petto era decorato da medaglie e nastri. Dalla spalla pendeva una mantella di ermellino e un paio di scintillanti stivali neri fino al ginocchio completavano l'effetto imponente del suo abbigliamento.

— Il re aveva ragione — disse il conte sorridendo. — Quando gli uomini ci hanno avvertito che eravate arrivati a una delle nostre entrate, ha detto che ce l'avreste fatta da soli ad arrivare fin qui.

— L'ho capito subito che siete due ragazzi curiosi — disse Zed. Anche lui sorrideva adesso, con quel suo sorriso crudelmente felice. Indy era sicuro che, da piccolo, quell'uomo doveva essersi divertito a catturare le mosche, a strapparne le ali e a vederle morire lentamente.

— Lo sapevo che non dovevamo scendere in quel buco — borbottò Herman. — Te lo avevo detto!

Ma a Indy interessava molto di piú sentire ciò che il re aveva da dirgli.

— Ho ordinato ai miei uomini di sorvegliare l'uscita esterna, per impedirvi di fuggire; poi ci siamo messi ad aspettare.

— Così ci ha fatto arrivare dove voleva lei — constatò Indy.

— Ma non mi chiedi che cosa voglio da voi?

— È inutile: si vede benissimo che muore dalla voglia di dircelo.

Il re ridacchiò. — Non sarò io a morire, però.

— Ah, ah — fece Indy, in tono sarcastico.

Herman gli toccò una spalla. — Senti, Indy, forse dovresti stare più calmo. Non è il caso di fare arrabbiare Sua Maestà.

— Arrabbiare? — replicò Indy a voce alta per farsi sentire. — Quello è matto, è completamente pazzo! Evidentemente soffre di manie di grandezza: prima si fa chiamare «re dei re», poi dice di volerci uccidere. Vedrai che, alla fine, quello che vuole, in realtà, è far pagare un riscatto a mio padre: la gente pensa che tutti gli americani siano ricchi. Questo non è che un miserabile imbroglione!

— Indy, che cosa stai cercando di fare? — gli gridò Herman terrorizzato, mentre osservava l'espressione di rabbia disegnarsi sul viso del re.

Ma Indy sapeva perfettamente che cosa stava facendo. Voleva cancellare quel sorriso dalla faccia di quell'uomo, voleva mettere fine al gioco del gatto col topo che lui stava conducendo. Voleva che quello mostrasse i denti... e le proprie intenzioni. Quanto più fosse riuscito a sapere sui piani di Zed, e quanto più rapidamente, tanto maggiori sarebbero state le probabilità di eludere la minaccia che pendeva sopra di loro, come una spada.

— Basta con le chiacchiere — tuonò Zed. — Ti farò vedere io che cosa è in grado di fare il re dei re.

Batté le mani e il rumore echeggiò per tutta la stanza come un colpo di fucile.

Due uomini entrarono... camminando sulle ginocchia e sulle mani. Arrivarono fino al trono e si inchinarono, la faccia fino al suolo.

— Alzatevi — ordinò il re, e quelli obbedirono. — Parliamo in inglese, in modo che questi due ragazzi capiscano chi sono io e quello che dovranno fare. È per questo motivo che vi ho fatto imparare l'inglese e le lingue di coloro che governano nel mondo, ed è per questo motivo che io stesso ho imparato quelle lingue: perché i potenti della Terra capiranno ciò che io ordinerò loro di fare per me.

— Sí, re dei re — esclamarono insieme i due uomini mentre si rialzavano.

Formavano una strana coppia: uno era magro come uno spillo, con lineamenti duri, l'altro, incredibilmente grasso, aveva il corpo rotondo e una testa completamente calva che pareva una palla da bowling.

— Innanzitutto: sei certo che la data è giusta? — chiese il re all'uomo magro.

— È tutta la vita che studio le tavole sacre, sire, e l'anno scorso ho osservato le stelle con il nostro nuovo telescopio.

— Donato dallo zar, se mi consente di ricordarglielo, Maestà — intervenne il conte.

— Sí, sí, me ne ricorderò — replicò il re con una punta di impazienza. Poi, sempre rivolto all'uomo magro: — Ti ho fatto una semplice domanda: sei sicuro della data?

— Mi giocherei la vita — rispose l'altro.

— E te la stai giocando, infatti — puntualizzò Zed. Poi rivolto a quello grasso: — Sei pronto a svolgere il tuo compito?

— Naturalmente, re dei re. Non mi resta che prendere i miei strumenti.

— E allora prendili e incomincia — ordinò Zed.

Questa volta fu l'uomo grasso a battere le mani e due servi entrarono nella stanza: uno portava una cassetta d'oro, l'altro un vassoio d'oro, sul quale era posata una pietra bianca a forma d'uovo.

— Adesso manca una cosa sola — affermò l'uomo grasso.

— Di' ai ragazzi di che cosa si tratta — comandò il re. — Sono molto curiosi.

L'uomo si rivolse a Indy e a Herman.

— Il vostro sangue.

CAPITOLO UNDICESIMO

— Non temete, non vi farò male — disse l'uomo grasso, mentre apriva la cassetta degli strumenti.

— È così che mi ha detto il dentista, l'ultima volta — replicò Herman. — Ma le assicuro che mentiva.

Indy lo fulminò con un'occhiata che voleva dire: «Non far vedere loro che hai paura.»

Herman gliela restituì, per fargli intendere: «Ma io ho paura».

Tutto ciò che il suo amico disse fu: — Incominci da me — e avanzò verso l'uomo.

Quello estrasse un ago d'argento dalla sua preziosa cassetta.

— Dammi la mano — intimò.

Indy deglutí e stese il braccio; l'uomo gli afferrò il polso e, con un movimento rapido, da esperto, infilò l'ago nel pollice.

Indy non volle dargli la soddisfazione di dire neanche «ba», né sbatté gli occhi, quando avvertí la puntura dell'ago. Si morse semplicemente il labbro e rimase impassibile, mentre osservava l'uomo raccogliere sulla pietra a forma di uovo le gocce del sangue sgorgato dal suo pollice.

La pietra incominciò a illuminarsi, come se una luce interna fosse stata accesa.

— Bene! — esclamò l'uomo. — E adesso l'altro.

L'uovo fu ripulito dal sangue e la luce svaní.

— L'altro ragazzo — comandò il re.

— Ahi! — si lamentò Herman, quando gli fu praticata la puntura.

— Ottimo! — disse l'uomo grasso, mentre la pietra riprendeva a risplendere: si inchinò al re Zed. — O re dei re, la sacra pietra che non mente mai ha dato il suo responso: i due ragazzi sono innocenti, perciò potete scegliere indifferentemente l'uno o l'altro.

— Ehmm... è un bel problema. Quale scegliere? Deciderò piú tardi. — Poi si rivolse al tipo magro: — Quanto tempo ci rimane?

Quello estrasse dalla veste un orologio d'oro e lo guardò.

— Per la precisione, mancano dieci ore e quattro minuti alla mezzanotte.

— Vuol dire che dobbiamo aspettare tutto questo tempo per scoprire che razza di roba è tutta questa pagliacciata? — disse Indy. — Andiamo, ci dia un po' di tregua!

— Dieci ore non sono molte — disse il re.

— Sono quasi quattromila anni che la mia famiglia aspetta questo momento.

— Certo, naturale, quattromila anni — ripeté Indy, ironico. — Lei non riuscirà a darcela a bere: non solo è un sequestratore, ma è anche un imbroglione! Tutte quelle stupidaggini con quell'idolo, a Konya, forza, la pianti! Lo sappiamo benissimo che lei non è un re, e men che meno un derviscio!

Ma Zed decise di non arrabbiarsi. E sorrise.

— Le tue chiacchiere non mi toccano, non piú del ronzio di una mosca. Una mosca che posso schiacciare come e quando mi pare. Ma io, Zed, il re dei re, sarò clemente: darò un significato alle vostre vite miserabili e vi spiegherò perché dovrete morire.

— Sí, bravo, ce lo dica — replicò Indy. — Cosí ci faremo un'ultima risata.

— Vedremo chi riderà per ultimo. Scoccata la mezzanotte, la mia risata di trionfo si udrà per tutta la Terra.

— Va bene, va bene — fece Indy spronandolo a parlare. — Allora, ci racconta questa favola?

— Conosci il Vecchio Testamento? Credi che sia una favola?

— Conosco la Bibbia. Tutti quelli che vogliono imparare la storia devono conoscerla — rispose Indy.

— Allora saprai di sicuro la storia di Caino e Abele.

— Certo. Erano due fratelli, i figli di Adamo ed Eva. Caino era invidioso di Abele e lo ammazzò. Fu il primo assassino della storia.

— Molto bene. Vedo che hai studiato. Ma sai che cosa accadde a Caino dopo l'assassinio di Abele?

Indy ci pensò su un attimo. — Fu cacciato dall'Eden e dovette andare a vivere a est, nella terra di Nod. — Si fermò, poi riprese: — C'è qualcos'altro, però. Fu bollato dal Signore per il crimine che aveva commesso con una sorta di marchio: il marchio di Caino.

— E sai qual è quel marchio?

— Non credo che la Bibbia lo dica, davvero, non mi pare proprio.

— Infatti, è cosí. Nella Bibbia non c'è scritto, almeno, non nella Bibbia che conosci tu. Ma c'è un'altra Bibbia, che racconta un'altra storia.

— Ne ho sentito parlare, della Bibbia Apocrifa: è una raccolta di strane leggende e superstizioni. In tutto il mondo ne circolano versioni differenti.

— Ma la vera versione è una sola — dichiarò il re. La sua voce si era fatta cupa, come se le parole giungessero dal profondo della sua anima. — Quella versione racconta come il Signore delle Tenebre diede a Caino un coltello, facendogli una promessa: con quel coltello, Caino avrebbe avuto la certezza si essere al sicuro da ogni male e avrebbe avuto il potere su tutto ciò che avesse voluto. — Il re abbassò la voce. — Per ottenere tutto questo, Caino avrebbe dovuto semplicemente affondare il coltello nel corpo di suo fratello e introdurre, cosí, l'omicidio nel mondo. Dopodiché il potere del coltello sarebbe stato suo e sarebbe stato tramandato a coloro che avessero posseduto quel coltello, fino alla fine dei tempi.

Indy scosse la testa. — Devo riconoscere, re, che lei ha veramente un'immaginazione regale.

— Non mi credi, forse?

— La storia fa acqua da tutte le parti — sentenziò Indy, scrollando le spalle. — Tanto per incominciare, Caino non ottenne ciò che si aspettava. Voglio dire che, dopo che ebbe ucciso Abele, il suo Signore delle Tenebre lo lasciò a bocca asciutta.

— Niente affatto — replicò il re. — Caino andò nella Terra di Nod, come dice la tua Bibbia. Ma quello che non dice è che ne divenne il dominatore: nessuno avrebbe potuto ucciderlo, e nessun nemico sconfiggerlo.

— Ma c'era il trucco, no? — fece il ragazzo, continuando a spronare l'uomo a sciorinare quella storia pazzesca. — Il suo regno su Nod non durò.

— Sí, un «trucco», come dici tu, ci fu — ammise l'uomo. — Il potere del coltello durò solo finché Caino visse la sua vita naturale, ossia un centinaio di anni. Dopo, il suo impero crollò, e i suoi eredi dovettero fuggire.

— Quindi c'era un inganno sul fatto che il potere del coltello poteva essere tramandato.

— Non c'era alcun inganno! — ribatté con foga il re. — Era solo la saggezza infinita del Signore delle Tenebre. Lui voleva essere sicuro che lo spirito dell'assassinio non abbandonasse mai la Terra e che qualcuno continuasse ad adorare la sua memoria e ad invocare il suo ritorno.

— Un bel burlone, questo Signore delle Tenebre — commentò Indy scuotendo la testa. Possibile che Zed si aspettasse veramente che lui si bevesse quella storia pazzesca? Il guaio era che sembrava proprio cosí. E le cose non si stavano mettendo per niente bene.

Nel frattempo, il re aveva continuato, la voce sempre piú tonante. — Cosí il Signore delle Tenebre dichiarò che quando le stelle, i pianeti e la luna si fossero trovati nella posizione in cui erano quando Abele fu ucciso, il potere del coltello sarebbe risorto. E sarebbe durato il tempo che durò quello di Caino, vale a dire un secolo. Ma, per ottenere quel potere, era necessario rifare esattamente ciò che aveva fatto Caino, ossia affondare quel coltello nel sangue... — il re tacque e sorrise ai ragazzi, i denti appuntiti che scintillavano. — ... Nel sangue innocente.

Indy si sforzò di non deriderlo. — E lei pensa davvero che noi potremo crederle?

— Voi credete a questo? — chiese il re.

Da un fodero tempestato di gemme estrasse con venerazione un coltello, molto antico, fatto di ferro grezzo.

— E a questo? — Scostò la sua veste per scoprire il torace.

Sul petto nudo c'era un vistoso segno rosso.

— No, non mi dica che è... — incominciò Indy, incredulo.

— E invece sí — affermò Zed. — Questo è il marchio di Caino.

CAPITOLO DODICESIMO

— E adesso ci credete? — chiese Zed, infilando il coltello nel fodero e ricoprendosi il petto.

Indy tentò di farlo parlare ancora.

— E allora? Che significa? — domandò. — Questo non vuol dire che tutto quello che ha raccontato lei sia vero: sul potere magico del coltello, sull'affondarlo nel... — Indy si interruppe e deglutí. — Affondarlo nel sangue innocente. Supponga che non sia vero: in fondo, il potere del coltello non è mai stato provato; lei cosí rischia di perdere i soldi del riscatto per i quali ci ha fatto rapire.

— Ma è stato provato, invece — affermò con forza il re.

— Quando?

— Una sola volta, tremila anni fa. Un mio antenato eseguí il sacro rito del sangue e il potere del coltello fu suo per un secolo.

— Ah, sí? E allora perché nessuno di noi ne

sa niente? E che cosa ne fece di tutto quel potere?

— Prima di tutto conquistò un enorme impero — raccontò il re. — Gli ci vollero solo vent'anni, poi si tenne pronto per il momento in cui il potere del coltello si sarebbe esaurito: milioni di schiavi lavorarono per cinquant'anni, alla costruzione di una grande città, una città in cui avrebbe condotto il suo popolo, quando non fosse piú stato in grado di difendere il suo impero. Una città sotterranea.

Il re fece un ampio gesto, ad abbracciare la sala del trono in cui si trovavano, e le stanze, i corridoi e le scale innumerevoli che Indy aveva visto, e tutte le altre che poteva immaginare. Il ragazzo scosse la testa, pensando, stupito, alla grandiosità di quel luogo sotterraneo.

— Qui c'erano delle sorgenti d'acqua — proseguí il re. — E moltissime stanze in cui conservare le scorte di cibo. Le entrate potevano essere bloccate, in caso di attacco nemico, e cosí, quando i potenti Ittiti arrivarono dal Nord, egli condusse il suo popolo qui sotto, dove i suoi discendenti reali avrebbero potuto aspettare finché il potere del coltello non fosse tornato nelle loro mani.

— Vuole dire che quel popolo vive qua sotto da tremila anni? — chiese Indy.

— Io sono la prova vivente di quanto affermo — dichiarò l'uomo, drizzandosi orgogliosamente. — Gli Ittiti distrussero ogni traccia del nostro impero; ma qui, sottoterra, noi siamo sopravvissuti. Siamo diventati sempre meno, ma ce l'abbiamo fatta.

— E nessuno vi ha mai trovati?

— Nessuno in tutti questi anni? — intervenne Herman, scuotendo la testa.

— I primi che ci hanno scoperti, li abbiamo uccisi — rispose Zed, scrollando le spalle. — Poi, quando furono in molti, ci ritirammo. Lasciammo i livelli superiori di questa città ad altri popoli perseguitati, come i cristiani che fuggivano dai pagani, i pagani che fuggivano dai cristiani, i cristiani che fuggivano dagli islamici. E, per aggirarli, costruimmo entrate separate, per accedere ai livelli piú bassi dove ora viviamo.

— Entrate come quella da cui siamo arrivati noi!

— Già, che fortuna abbiamo avuto! — commentò Herman.

Il re li ignorò. Adesso era profondamente immerso nei ricordi della sua storia e stava rivivendo gli accadimenti dei suoi antenati. — Usavamo quelle entrate segrete per risalire in superficie e rifornirci di cibo, e anche per mandare la nostra gente fra la gente. Erano loro che ci informavano su quanto accadeva all'esterno: dovevamo tenerci pronti, per quando sarebbe arrivato il grande momento.

— Allora, quelli che stavano danzando a Konya erano spie del suo regno sotterraneo? — osservò Indy.

Il re annuí. — I miei leali servitori. Leali

come lo è sempre stato il mio popolo, da tremila anni. Sulla terra dovettero fingersi cristiani, poi islamici, ma continuarono a conservare sempre la loro fede, l'unica vera fede: la fede nel potere delle tenebre. La fede nell'arrivo del tempo di Caino, del secolo in cui l'assassinio sarà re. E adesso, finalmente, le stelle, il sole e la luna sono nella posizione giusta. Stanotte a mezzanotte, avrà inizio quel glorioso secolo.

— È il 28 giugno — disse Indy.

— Sí, secondo il vostro calendario. Potrai segnare questa data in rosso: *28 giugno 1914*. — L'uomo sorrise: era chiaro che aspettava con ansia impaziente l'arrivo della mezzanotte.

— Avrà inizio il secolo piú terrificante della storia — proseguí. — E voi avrete l'onore di essere le prime vittime dei tanti milioni che ci saranno.

— Ma non c'è nessuno tra la sua gente che vorrebbe avere questo grande onore? — chiese Indy.

— Già... loro hanno altro da fare — fece Herman.

— Non c'è sangue innocente tra il mio popolo — dichiarò il re con orgoglio. — Come vi ho già detto, loro hanno conservato la fede. Noi avremmo dovuto sacrificare una persona del luogo... ma poi siete arrivati voi. Lo spargimento di sangue americano farà meno sensazione del sangue turco.

— Non credo — replicò Herman. — Siamo nel ventesimo secolo, se lo ricorda?

— Chiedilo al tuo amico se non sarà cosí — incalzò Zed.

Herman si voltò verso Indy, aspettando conforto da lui, incoraggiamento a non preoccuparsi.

Indy, invece, tacque.

Poi Herman vide qualcosa che lo fece quasi svenire dal sollievo. Indy gli strizzò l'occhio, rapidamente, in modo che nessun altro lo notasse. Ma fu sufficiente per fargli capire che aveva già in mente un piano.

A Herman quello bastò. In passato Indy lo aveva tirato fuori da altre situazioni difficili; lo avrebbe fatto anche questa volta, certo. Herman era molto ansioso di sapere quale fosse il piano, ma quando il re ordinò ai ragazzi di uscire dalla sala del trono, in attesa della mezzanotte, li fece scortare da guardie che conoscevano l'inglese e li sorvegliavano troppo da vicino, per consentir loro di conversare.

Fu solo piú tardi, molto piú tardi, che Herman poté parlare con Indy.

Furono condotti in un vasto tempio sotterraneo, dove troneggiava una grossa statua, identica a quella che avevano visto nel sotterraneo di Konya, raffigurante l'immagine mostruosa di un uomo che impugnava un coltello color rosso sangue. Ma questa statua era dieci volte piú grande dell'altra.

Il re stava sopra una piattaforma sopraelevata, davanti a quell'enorme idolo, accanto a una bacinella d'oro. In mano impugnava il coltello di Caino. Il tempio era gremito di persone quasi in trance: tutto il popolo era stato radunato per assistere a quella solenne cerimonia.

Il conte Igor si avvicinò al re portando una grossa sacca di tela. Fu allora che Herman intravvide la possibilità di parlare con Indy. Tutti gli occhi, infatti, erano puntati sul conte, mentre questo rovesciava ai piedi dell'idolo le monete d'oro contenute nel sacco. Herman si affrettò a sussurrare all'amico: — E allora, qual è il piano?

— Quale piano?

— Il tuo, no? — rispose lui impaziente. Qualche volta il senso dell'umorismo di Indy gli dava veramente sui nervi. — Il piano per la fuga. È per quello che mi hai strizzato l'occhio, no?

Indy parve a disagio. — Ehm, Herman, non è stato esattamente cosí... il fatto è che un granello di polvere mi era entrato nell'occhio e...

— Vuoi dire che... — esclamò Herman.

Indy annuí, desolato.

Proprio in quel momento un uomo si piazzò accanto a loro.

— Io vi farò da interprete — dichiarò, sorridendo sgradevolmente. — Sua Maestà desidera che voi comprendiate appieno ciò che verrà detto. Dice che sarà per lui una gioia vedere le vostre facce, mentre il vostro destino si compirà.

Dalla piattaforma, il re declamò con voce altisonante e l'interprete tradusse istantaneamente:

— È arrivato il momento dell'offerta finale al Signore delle Tenebre: l'offerta del sangue.

CAPITOLO TREDICESIMO

— Se solo avessimo piú tempo! — esclamò Herman, disperato.

— Un po' ne abbiamo — replicò Indy a bassa voce. — In cerimonie solenni come queste, ci sono sempre preliminari molto lunghi, vedrai.

Aveva ragione. I discorsi sembravano interminabili, mentre la voce dell'interprete si faceva sempre piú rauca, affaticata dalla lunghissima traduzione.

Il primo a parlare fu il re, che si dilungò sul significato del grande giorno che stava per spuntare. In tutta la Turchia, disse, il suo popolo era pronto, in attesa. Non appena fossero risaliti in superficie, si sarebbero impadroniti del potere e il coltello di Caino si sarebbe accanito contro coloro che avessero osato contrastarlo. Ma forse l'uso del coltello non sarebbe stato necessario, perché disponevano di una quantità di denaro piú che sufficiente, e avevano dovizia di modernissime armi. E, per questo, il re ringraziò il conte Igor.

Poi fu la volta del conte, il quale esordí rassicurando tutti sull'eterna amicizia dello zar. Si dichiarò certo che la Russia e il nuovo impero turco, sotto la guida di re Zed, sarebbero stati abbastanza potenti da spartirsi il governo di tutto il mondo. E ringraziò re Zed: gli aveva promesso che le navi russe avrebbero potuto passare per lo Stretto dei Dardanelli, per raggiungere il Mediterraneo e controllarlo.

Il conte Igor stava ancora sciorinando tutte quelle promesse, quando un uomo vestito di bianco tirò con urgenza la manica dell'abito di Zed, poi estrasse un orologio e glielo mostrò; il re annuí. Quindi avanzò verso il conte, interrompendo la frase che stava pronunciando in quel momento.

— La mezzanotte si sta avvicinando — annunciò il re. — Diamo inizio alla cerimonia. Portate qui i due innocenti.

Herman lanciò a Indy un'occhiata disperata. Possibile che non avesse ancora escogitato niente?

Il ragazzo non lo guardò e disse semplicemente: — Credo che sia arrivato il momento di scoprire le carte.

Le guardie trascinarono i ragazzi sulla piattaforma, davanti al re Zed, che teneva ancora in mano il coltello di Caino: non era certo necessario chiedersi a che cosa servisse quella bacinella d'oro.

Il re si rivolse loro in inglese; sembrava godere del terrore che li aveva assaliti.

— Non rimane che una domanda da fare, prima che le preghiere di tremila anni siano esaudite — disse loro con voce maligna. — Chi di voi due proverà la gioia suprema di avere le vene tagliate dal coltello di Caino? Quale sangue farà diventare rossa la lama del coltello, per il prossimo secolo?

Indy si schiarí la gola. — Odio fare dei pettegolezzi, ma è bene che sappiate che il mio amico Herman non è poi cosí innocente come sembra. Una volta lo scoprii mentre fumava barba di granturco dietro il fienile e sono sicuro che non ha legato ben stretti tutti i nodi, durante le prove dei boy-scouts. Poi, un'altra volta ho visto che spiava al di sopra della mia spalla, per copiare il compito di geografia. No, Herman non va bene: scelga me, il piú dolce, il piú gentile, il piú innocente ragazzino che potevate trovare.

Re Zed lo fulminò con lo sguardo, poi si umettò le labbra e disse sibilando: — È da tanto che desidero cancellare dalla tua faccia quel sorrisetto canzonatorio, mio giovane amico americano. Adesso è arrivato il momento di farlo.

— D'accordo, sono pronto per la medicina. — Indy strinse i denti e fece un passo avanti. Almeno Herman avrebbe avuto una probabilità in piú di sopravvivere: non era granché, ma pur sempre meglio di niente.

Il re alzò la mano per fermare il ragazzo e ridacchiò. — Oh, no. Ammazzarti significherebbe renderti le cose troppo semplici; voglio vedere la tua faccia, mentre guarderai il tuo amico morire. Voglio proprio vedere se continuerai a divertirti.

L'uomo si sfregò le mani e proseguí: — Ovviamente, toccherà a te. Ma devo pensarci un po', devo trovare il modo migliore per ucciderti. Voglio che la tua morte sia il piú possibile lenta e dolorosa.

— Mi dispiace, Herman, ci ho provato — disse Indy, la voce spezzata.

— Lo so, Indy — replicò Herman, rauco, cercando di schiarirsi la gola serrata. — Grazie, comunque.

Il re annuí e, con una lancia, una guardia spronò Herman ad avanzare verso la bacinella. Un'altra gli prese il polso e lo rivolse all'insú. Indy riusciva a scorgere la vena blu pulsare per il sangue: anche il re la osservava con molta attenzione, poi estrasse il coltello.

"Ci siamo" disse Indy tra sé e sé e infilò la mano nell'abito.

Un attimo dopo, prima che qualcuno potesse fermarlo, lanciò la sua frusta per fermare la mano del re che stringeva il coltello.

L'urlo di dolore dell'uomo echeggiò in tutto il tempio e l'arma volò per aria.

Il gelo calò nella sala del tempio, tutti rimasero raggelati. Tutti, tranne Indy.

Appena il coltello atterrò sulla piattaforma

di pietra, il ragazzo vi si lanciò sopra, imitato poi da tutti.

Ma Indy era scattato prima ed era riuscito ad impossessarsene; poi, tenendolo stretto in mano, si rialzò.

Il re impartí un ordine alle guardie, ma nessuno si mosse: il terrore le paralizzava, mentre fissavano il coltello saldamente impugnato dal ragazzo.

— Allora lo farò da solo — tuonò Zed.

Afferrò una spada dalla cintura di una guardia e si diresse verso Indy, pronto a colpire.

A Indy non rimaneva che un'unica cosa da fare.

— Ehi, Herman, prendi! — gridò e lanciò il coltello in direzione di Herman, dalla parte dell'impugnatura.

Nel farlo, però, rabbrividí, ricordandosi di tutti i passaggi che aveva fatto a Herman, quando giocavano a football: Herman non ne prendeva mai uno!

— Bravo, Herman — gridò poi entusiasta, quando vide la mano dell'amico afferrare l'impugnatura del coltello.

Herman parve piú sorpreso di Indy. Poi fissò il coltello e scosse la testa. Che cosa doveva farne?

Re Zed, però, sapeva che cosa fare. La spada in pugno, si volse verso Herman e partí all'attacco.

Lui aspettò un attimo, poi sogghignò.

— Indy, prendi! — gridò e lanciò di nuovo il coltello.

Ma questa volta il re era pronto: fece un agile balzo e tese il braccio; sarebbe stato un ottimo difensore, perché intercettò perfettamente il tiro.

Tutto ciò che Indy pensò fu: "Ci risiamo!"

CAPITOLO QUATTORDICESIMO

Indy si aspettava un urlo di trionfo, invece udí un urlo di dolore. Poi capí ciò che era accaduto.

Il re aveva preso il coltello per la lama, anziché per l'impugnatura e, dall'espressione di terrore stampata sul suo viso, evidentemente doveva sapere quello che sarebbe successo.

La stessa espressione di terrore si dipinse sul viso di tutti quelli che guardavano... Indy, Herman, il conte Igor e il popolo del re.

Quell'urlo di dolore durò solo pochi secondi, poi si spense, insieme al re. Fu come se un fuoco invisibile bruciasse il corpo di quell'uomo; i suoi vestiti si raggrinzirono, la carne si liquefece, le ossa si polverizzarono. In pochi minuti, si trasformò in un mucchietto di cenere nera.

Il coltello giaceva ora sulla piattaforma, accanto a quelle ceneri: la sua lama non era diventata rossa, bensí nera.

“Tipo di sangue sbagliato” pensò Indy. Di sicuro non era sangue innocente.

Poi una mano si allungò, per raccogliere il coltello: la mano del conte.

Con l’altra mano, l’uomo afferrò Herman. Poi gridò a Indy: — Forza, scappa, finché sei in tempo!

Indy rimase sbalordito, ma non ebbe il tempo di chiedersi che cosa stesse facendo il conte, né era in condizioni di discutere con lui.

Il popolo del re, intanto, era completamente stordito per la sorpresa: lamenti e gemiti si levarono a riempire la sala, ma era evidente che, quando quella gente si fosse ripresa dallo shock, avrebbe preteso la vendetta.

— Ha ragione! — gridò Indy a Herman che veniva trascinato via. — Tagliamo la corda!

Herman annuí e si mise a correre. Anche Indy si precipitò fuori dalla stanza.

All’esterno, corridoi e stanze erano deserti: tutti, proprio tutti, erano andati ad assistere alla cerimonia.

— Dove andiamo? — ansimò Herman, mentre passavano da un corridoio all’altro.

— C’è una sola via da seguire: salire verso l’alto.

— Qui c’è una scala — osservò il conte Igor.

Fecero i gradini due per volta; in cima trovarono una lampada a olio, ma, oltre la fiamma, c’era l’oscurità piú totale.

— Ecco dove finisce il nascondiglio del re — disse Indy. — I livelli vuoti della città sotterranea devono essere sopra di noi.

— Ehi, però, prima di continuare, voglio sapere che cosa ci fa lei qui — chiese Herman al conte.

— Una volta morto il re, anch'io sono in pericolo, proprio come voi due — rispose l'uomo. — Per questo popolo, gli stranieri sono tutti uguali: adesso loro sanno soltanto che il loro re è stato assassinato, perciò, per vendetta, chiederanno la vita degli assassini, tutte le vite che potranno ottenere. Dobbiamo stare insieme e aiutarci reciprocamente. — L'uomo capí che il ragazzo non gli credeva del tutto e continuò: — Quando crescerete, scoprirete che è possibile che persone che non hanno molta simpatia l'una per l'altra possano essere invece molto unite, quando si trovano in pericolo di vita.

— Io ho la sensazione di essere cresciuto molto in fretta — affermò Herman.

— E io spero che noi due avremo la possibilità di crescere ancora — aggiunse Indy. — Ma se non troviamo il modo di uscire di qui, non sarà molto probabile.

Il conte annuí. — Sfortunatamente, il re ha detto che tutti i collegamenti con i livelli superiori sono stati bloccati.

— Non fa mai male dare un'occhiata di persona — propose Indy. Prese la lampada e si fece strada nell'oscurità.

— È un ragazzo coraggioso — commentò il conte.

— Indy è fatto cosí — convenne Herman.

Avanzarono nel corridoio finché non raggiunsero una parete di pietra; da quel punto si diramava un corridoio che portava a un'altra via bloccata.

— Dobbiamo tornare indietro — disse il russo. — Forse riesco a trattare.

— Io non ci conterei troppo, conte. Facciamo un altro tentativo — obiettò Indy.

Presero un altro corridoio.

— Ci siamo! — esclamò Indy: nella parete di roccia c'era un'apertura.

— Forse è frutto di un terremoto — disse il ragazzo. — Ma è abbastanza grande per passarci attraverso.

— Lo sarà per voi due, non certo per me — obiettò l'uomo.

— Senta, facciamo cosí: io mi infilo e vado a vedere che cosa c'è.

— E mi abbandoni qui?

— Non lo farei con nessuno, neanche con uno come lei — replicò Indy.

— Si può fidare di lui — asserí Herman.

— Anche tu dovrai fidarti di lui... per la tua vita — aggiunse il conte. Prese Herman per un braccio e disse a Indy: — Vai.

Indy sbirciò nel foro, mentre il conte gli passava la lampada a olio. Poi Herman e il russo rimasero ad aspettare al buio. Un'attesa che sembrò eterna.

— Lo vedi come sei stato sciocco a fidarti di lui? — insinuò il conte, senza mai mollare la presa al braccio del ragazzo. — Impara la prima regola della sopravvivenza: non fidarsi mai di nessuno.

— Forse si è perso. Forse...

— Forse potrei riportarti di sotto e offrirti come pegno di pace a quei fanatici. Non so se funzionerebbe, ma sarà meglio di niente.

— No! — protestò Herman, mentre il conte incominciava a trascinarlo via. — Aspetti solo...

— Ehi, buone notizie! — La voce di Indy li raggiunse proprio in quel momento. — Ho trovato dei vecchi attrezzi: ora possiamo allargare l'apertura.

Alla luce della lampada, Indy passò un piccone attraverso il buco; il conte l'afferrò e incominciò a scavare. Dall'altra parte si udiva il rumore che produceva Indy facendo altrettanto.

In meno di mezz'ora, il russo fu in grado di entrare nel buco. Herman lo seguí.

— Grazie — disse il conte a Indy. — Ti devo la vita. — Poi sorrise. — E, ben presto, ti dovrò ancora di piú.

Detto ciò, afferrò di nuovo Herman per una mano e, con l'altra, estrasse il coltello di Caino.

— Che cosa fa? — gridò Herman.

— Come ti ho già detto — rispose l'uomo — non devi fidarti di nessuno. E lasciamelo dire: soprattutto di me.

CAPITOLO QUINDICESIMO

Indy capí. Sbatté gli occhi e scosse la testa: non riusciva a crederci.

— Non vorrà usare quel coltello, vero? — chiese al conte. — È pura follia.

— Anch'io l'ho pensato, all'inizio — rispose l'uomo. E strinse ancora di piú il braccio di Herman. — Ho pensato che Zed fosse pazzo, ma la cosa non m'importava: ci sono già stati pazzi in grado di rovesciare i governi. Se ci fosse riuscito, la Turchia sarebbe stata al fianco della Russia. E, nel caso di una guerra in Europa, questo sarebbe stato molto importante.

— Certo, il ragionamento non fa una piega — disse Indy. — Ma è la storia del coltello che è demenziale!

— Ma... non hai visto quello che è successo al re? — chiese il russo.

Indy non sapeva cosa rispondere; riusciva solo a vedere il bagliore sinistro negli occhi dell'uomo, lo stesso che aveva scorto in quelli di Zed: il bagliore di un'ambizione tanto smisurata quanto insensata.

— Il coltello ha il potere... il potere che il re rivendicava — dichiarò il conte. — E il mio Paese è pronto per la rivoluzione. Lo zar è un debole e uno sciocco, il popolo è esasperato e chiede cambiamenti. Con questo coltello io potrò rovesciarlo e con questo coltello tra le mani e il sostegno della Russia potrò governare il mondo.

Indy tentò con un argomento diverso. — Ma lo guardi, quel coltello: è nero come il catrame. È tutto rovinato.

— Non ha niente che sangue innocente non possa riparare — replicò l'uomo. — Specialmente se gliene fornirò una dose doppia, per essere sicuro.

Indy fece un ultimo tentativo. — Il momento propizio è passato, la mezzanotte è già passata. Lei ha perso l'occasione, ormai.

— Evidentemente non hai ascoltato il re come dovevi. La mezzanotte sta semplicemente a indicare l'inizio del nuovo anno, il secolo durante il quale il coltello avrà il potere del governo supremo. Zed non voleva perdere un solo minuto, ma quel potere è ancora in attesa di essere attivato. E adesso si trova nelle mie mani.

"Adesso basta con le chiacchiere" pensò Indy ed estrasse la frusta colpendo con forza la mano armata di coltello.

L'uomo rispose con una risata beffarda, nel momento in cui il coltello tagliò di netto in due la frusta.

— E tu volevi usare quel giocattolino contro questo? — sghignazzò. — Adesso è arrivato il momento di recitare le preghiere... al Signore delle Tenebre. È arrivato il momento di inchinarti al potere del coltello di Caino.

— Si sbaglia — disse Indy. — Adesso è arrivato il momento di fare questo!

Afferrò un sasso e lo lanciò in direzione della testa dell'uomo.

Ridendo, il russo sollevò il coltello, per schivare il sasso.

Aprí la bocca per sghignazzare di nuovo, ma tutto quello che ne uscí fu solo un terribile: — Agghhh!

Dopo aver lanciato il sasso, Indy aveva preso la lampada a olio e l'aveva scaraventata sulla faccia dell'uomo.

Poco prima che la fiamma si spegnesse, il ragazzo vide il conte mollare la presa dal braccio di Herman per portarsi la mano alla guancia bruciata.

Al buio, Indy tese una mano e arrivò a toccare l'abito di Herman.

— Il vecchio trucco di due mosse in una non fallisce mai — disse compiaciuto. — Andiamo. Tieniti attaccato al mio vestito, cosí rimarremo vicini.

Indy fece strada, attraverso quel corridoio immerso nell'oscurità piú profonda: doveva portare da qualche parte. Per lo meno, Indy lo sperava.

Dietro di loro sentivano i passi affrettati del conte. Per essere cosí massiccio, quell'uomo era veloce: si stava avvicinando rapidamente.

Poi Indy avvertí qualcosa sulla faccia: una leggera brezza. Disperatamente frenò e, tendendo il braccio, bloccò anche Herman. Poi lo costrinse a schiacciarsi contro la parete del corridoio.

Infine gridò: — Forza, Herman, sbrigati! Vedo un'uscita là in fondo!

Qualche attimo dopo, si udirono i passi del conte che li sorpassò: seguí un urlo, che si spense pian piano. Poi il silenzio, un silenzio mortale.

— Il pozzo per l'aerazione — spiegò Indy. — Ecco che cosa c'era davanti a noi! A giudicare da quell'urlo, il conte deve esserci caduto dentro; sarà arrivato di nuovo al nascondiglio del re, se non ancora piú in fondo.

— Ora ci penseranno loro al conte, e al coltello — commentò Herman. — Noi dobbiamo pensare a una cosa sola: andarcene fuori da qui.

— Non c'è problema — lo rassicurò Indy. — Questa città sotterranea deve essere stata costruita secondo uno schema preciso. Dobbiamo cercare di capire dove portano i corridoi e le scale; poi, livello dopo livello, arriveremo in superficie. Sarà semplice.

Alcune ore dopo, i due ragazzi erano ricoperti di polvere, e madidi di sudore. Ma dimenticarono polvere e sudore quando intravvidero una luce davanti a loro. Indy si mise in punta di piedi, si afferrò al bordo del terreno e si tirò fuori.

Poi aiutò Herman ad arrampicarsi fino in superficie.

— Accidenti! — esclamò Herman. — Se questo era semplice, immaginiamoci che cos'è una cosa difficile!

— Adesso non faticheremo piú, però — lo tranquillizzò Indy. — Da qui in poi è tutta discesa.

— Già — confermò l'amico. Si guardò intorno, ad ammirare quella terra fantastica che era la Cappadocia. Il cielo rosato annunciava l'alba. — Adesso non ci resta che tornare a Konya.

— Prima le cose piú importanti — dichiarò Indy, scrutando il paesaggio, alla ricerca di una determinata formazione rocciosa. — Eccola — esclamò, dopo aver individuato la roccia che ricordava.

Si avviò in quella direzione insieme a Herman; alla sua base c'era l'entrata che conduceva al nascondiglio di Zed.

— Forza, mettiamoci al lavoro — disse, spingendo con le spalle un enorme macigno. I due ragazzi riuscirono insieme a collocarlo sopra quell'apertura.

— Ora capisco — disse Herman. — Questo rallenterà la risalita del popolo di Zed in superficie. Dovranno tornare indietro e trovare un'altra via d'uscita.

— Ma c'è una ragione piú importante — affermò Indy. — Servirà a nascondere questa entrata alla vista della gente che passerà di qua. Ricordati che il coltello di Caino adesso ha il potere che durerà per tutto il secolo futuro. Non mi va l'idea che qualcuno ci possa mettere le mani sopra.

— Vorresti dire che non dobbiamo raccontare a nessuno della città sotterranea e di tutto quello che abbiamo visto e sentito? — chiese Herman, esterrefatto.

— Non vorrei dirlo, ma è proprio cosí. Avremmo il dovere di dividere con il resto del mondo questa scoperta: è quanto farebbe un bravo archeologo. Ma ci sono casi in cui la sete di conoscenza deve cedere il passo di fronte al bene dell'umanità: e questo è uno di quei casi.

— Hai ragione, Indy — convenne Herman, pensando a quel terribile coltello sepolto là in fondo. Rabbrividí e fu ben felice di potersene dimenticare.

Poi aggiunse: — Adesso che tutto è sistemato, come facciamo a tornare a Konya? Non hai per caso un tappeto magico?

— No, ma ho qualcosa di meglio — rispose Indy e dal vestito estrasse un sacchetto di stoffa. Lo scosse e si udí un suono tintinnante. — Monete d'oro, che fanno parte del contributo dello zar al re dei re. Le ho prese al volo prima di scappare, perché ho pensato che potevano esserci utili.

Herman lo guardò ammirato, e proprio in quel momento, Indy vide due uomini in sella a due cammelli, in lontananza.

— Ehi, taxi! — si misero a urlare i due ragazzi con quanto fiato avevano in gola.

CAPITOLO SEDICESIMO

Due giorni dopo, due cammelli si fermavano davanti al migliore albergo di Konya. Su ognuno di essi c'erano due persone, ma il carico non era eccessivo, perché c'erano un ragazzo e un adulto su ciascuna cavalcatura.

Un colpetto di frusta da parte degli uomini, e gli animali si inginocchiarono per far scendere i passeggeri.

Una volta a terra, i due ragazzi salutarono calorosamente i cammellieri con una stretta di mano, poi consegnarono un sacchetto di monete tintinnanti a uno di loro, che l'attaccò alla sella.

— *Tesekkurederim* — dissero gli uomini chinando il capo e sorridendo.

— *Birsey degil* — rispose Herman. Era soddisfatto di se stesso, per essersi ricordato come si diceva «prego» in turco. Aver appreso qualche parola straniera lo faceva sentire in qualche modo migliore, piú in gamba: era una delle cose che aveva imparato in quell'avventura, una delle tante.

— *Allahhaismarladik!* — risposero in coro i due uomini.

— Significa «che Allah sia con voi» — spiegò Indy. — Si dice cosí per salutare qualcuno.

Quando si stavano ormai allontanando Indy gridò ancora: — *Gule gule*. — Un augurio.

All'improvviso dietro di loro una voce disse: — Avete imparato qualche parola della lingua. Almeno non avete sprecato del tutto il tempo trascorso qui.

Era il professor Jones.

Il cervello del ragazzo si mise freneticamente in moto. A preoccuparlo non era il fatto che erano scomparsi per un paio di giorni, perché se c'era una cosa di cui poteva stare certo era che quando suo padre era impegnato nelle sue ricerche, anche se il mondo fosse sprofondato, lui non se ne sarebbe accorto.

Indy però non aveva calcolato l'effetto che avrebbe prodotto su suo padre il vederli vestiti in quel modo. Come avrebbe giustificato quell'abbigliamento?

Ma il ragazzo non ebbe motivo di preoccuparsi.

— Vedo che vi siete divertiti a giocare a fare gli arabi — disse sorridendo il professore.

Indy sospirò tra sé e sé: suo padre lo considerava ancora un bimbetto di quattro anni.

— Sí, certo, ci siamo divertiti molto — rispose Indy, lanciando uno sguardo d'intesa a

Herman, perché non si tradisse con una risata.

— Vedi che ho fatto bene a volere che tu avessi la compagnia di un amico? — continuò il professore. — Non sono stato costretto a occuparmi di te e ho potuto sbrigare un sacco di lavoro. Qui ci sono dei manoscritti meravigliosi, davvero straordinari. Ne ho scoperti in grande quantità.

— Mi fa piacere — dichiarò Indy.

— Un giorno anche tu scoprirai quante cose si possono trovare nei libri — replicò suo padre. — Tutti i segreti sepolti del passato, ma naturalmente hai ancora molta strada da fare: devi crescere, prima di impararlo.

— Non vedo l'ora di arrivarci — sospirò Indy.

— Per quanto mi riguarda, invece, io non vedo l'ora di tornare a casa — disse Herman. — Voglio dire che tutto questo è molto bello, ma io sento la mancanza della mia vecchia casa.

— Be', ormai non ci vorrà molto — lo rassicurò il professore. — Domani partiamo per l'America.

— Hai già concluso le tue ricerche? — chiese Indy, sorpreso. Era convinto che suo padre sarebbe stato impegnato per settimane su quei manoscritti.

— Non proprio. Ma, come ti ho detto, ho lavorato parecchio. E, poi, è successo qualcosa che mi preoccupa.

— Che cosa? — chiese Indy. Doveva essere

qualcosa di grave, di veramente grave, se suo padre se ne era accorto.

— Me ne ha parlato il bibliotecario. Lui legge tutti i giornali piú recenti: sembra che l'erede al trono austro-ungarico abbia subíto un attentato, che sia stato colpito a morte, in una cittadina dei Balcani, a Sarajevo. Questo ha causato una violenta reazione e qualcuno parla addirittura di guerra. La Turchia potrebbe rimanere coinvolta.

— Proprio quella guerra che secondo tuo padre non avrebbe mai potuto scoppiare — disse Indy, rivolto a Herman.

Il ragazzo annuí: adesso sapeva anche lui che nel mondo potevano accadere molte cose strane. Un'altra lezione che quel viaggio gli aveva insegnato.

— Sono d'accordo con tuo padre, Herman — replicò il professor Jones. — Sono convinto che tutto si risolverà: come una tempesta in un bicchiere d'acqua. Tanto che, se fossi solo, non me ne preoccuperei, ma avendo la responsabilità di voi due, non voglio esporvi neppure al minimo rischio.

— Papà, quando è avvenuto questo assassinio? — chiese Indy. — In che data?

— Vediamo un po'... — incominciò suo padre. Si fermò a pensare, poi si ricordò. — Il 28 giugno, ma io ne ho sentito parlare solo oggi. Qui i giornali arrivano con ritardo. Ma perché me lo chiedi?

Indy scrollò le spalle. — Cosí. — Poi aggiunse: — Sai, ho il presentimento che qualcosa di terribile stia per succedere.

Herman annuí. — Anch'io.

Il professore ridacchiò. — Voi e i vostri presentimenti! Succede, quando si leggono troppi romanzi d'avventura, anziché i libri di storia!

Né Indy né Herman ebbero voglia di ridere, e nemmeno di sorridere.

— Già — mormorò Indy, serio. — Noi e i nostri presentimenti!

CENNO STORICO

L'arciduca Francesco Ferdinando d'Austria fu assassinato a Sarajevo il 28 giugno 1914. La Prima Guerra Mondiale scoppiò nell'agosto dello stesso anno e durò fino al 1918. Fu la guerra piú terribile che il mondo avesse mai conosciuto e costituí la premessa di un conflitto ancora piú vasto, la Seconda Guerra Mondiale, che durò dal 1939 al 1945. Neanche quella guerra portò una pace definitiva, rendendo il XX secolo il periodo piú catastrofico della storia.

Dopo la prima guerra, il leader turco Kemal Atatürk fondò il moderno stato turco e Costantinopoli fu ribattezzata Istanbul, nome che conserva attualmente.

Le città sotterranee della Cappadocia furono scoperte casualmente nel 1963. Da allora, piú di trenta città sono venute alla luce, collegate da chilometri e chilometri di tunnel, a formare un'unica, vastissima città. Sono stati rinvenuti sette livelli, e i primi quattro sono stati lasciati aperti, per consentire escursioni turistiche. Ma nessuno sa quanto esse siano estese veramente, né chi le abbia costruite o perché. L'antico coltello di Caino non è stato ritrovato. Non ancora, almeno.

88-04-36317-7
92
1